夢の野菜
YUME NO YASAI
1
ブロッコリーラバ
BROCCOLI LOVER
HARUKA ISSHIKI

Impressum:
Bibliografische Information der Deutschen Nationalbibliothek. Die
Deutsche Nationalbibliothek verzeichnet diese Publikation in der
Deutschen Nationalbibliografie; detaillierte bibliografische Daten
sind im Internet über http://dnb.d-nb.de abrufbar.
Veröffentlicht bei Infinity Gaze Studios AB
1. Auflage
April 2024
Alle Rechte vorbehalten
Copyright © 2024 Infinity Gaze Studios
Texte: © Copyright by Haruka Isshiki
Cover & Buchsatz: Valmontbooks
Das Werk ist urheberrechtlich geschützt. Jede Verwertung
außerhalb des Urheberrechtsgesetzes ist ohne Zustimmung von
Infinity Gaze Studios AB unzulässig und wird strafrechtlich verfolgt.
Infinity Gaze Studios AB
Södra Vägen 37
829 60 Gnarp
Schweden
www.infinitygaze.com

Charaktere

Lieber Leser, liebe Leserin! ich freue mich ungemein, dich auf eine Reise durch die Seiten dieses Buches mitzunehmen, auf der du all die wunderbaren Charaktere kennenlernen wirst, die mir so am Herzen liegen.

Auf den nächsten Seiten findest du eine liebevolle Vorstellung jedes Einzelnen von ihnen. Neben einem Bild, das ihren Charakter einfängt, habe ich einige persönliche Details zusammengetragen – von Geburtstagen über Hobbys bis hin zu Sternzeichen und Blutgruppe.
Funfact: In Japan spielt die Blutgruppe eine interessante Rolle, da angenommen wird, dass sie viel über die Persönlichkeit aussagt. Ganz hinten im Buch findest du sogar ein Blutgruppenjournal, wenn es dich interessiert!

Falls du beim Lesen der Abenteuer mal den Faden verlierst und dich fragst: „Wer war nochmal wer?", dann zögere nicht, zu diesem kleinen Verzeichnis zurückzukehren. Es ist hier, um dir zu helfen, die Verbindungen und Beziehungen besser im Auge zu behalten und vielleicht sogar ein paar überraschende Entdeckungen über deine Lieblingscharaktere zu machen. Ich hoffe, du findest ebenso viel Freude an ihrer Gesellschaft wie ich beim Erschaffen ihrer Geschichten.

Deine Haruka

YUMI

Name: Yumi Matsunaga

Geburtstag: 21. September

Sternzeichen: Jungfrau

Blutgruppe: B

Lieblingsfarbe: Smaragdgrün

Lieblingsessen: Käsekuchen mit Himbeeren

Beruf: Schülerin, Jobbt in den Sommerferien in einer Buchhandlung

Lieblingsmusik:

J-Pop Boybands

Lieblingsschulfach:

Moderne Literatur

Hobbies:

Vampirbücher lesen

Mag:

Morgenspaziergänge, Kreuzworträtsel, Witze

Mag nicht:

Ungerechtigkeit, Langeweile, Lakritz

BROKKOLI

Name: Brokkoli

Verwandlungstag:
Der Tag, an dem Yumi beschloss, seltsame Küchenexperimente zu wagen.

Sternzeichen: Gemüse

Blutgruppe: Chlorophyll

Lieblingsfarbe: Brokkoligrün

Lieblingsessen: Yumis Energie, Quellwasser

Lieblingsmusik:
Dämonen-Rock aus der Hölle

Lieblingsschulfach:
Menschen belügen

Hobbies:
Geschichten erfinden, Streiche spielen

Mag: Lügen, Abenteuer, Reisen, Yumi

Mag nicht: Widerworte, Langeweile, den Kühlschrank

MIKA

Name: Mika Yamamoto

Geburtstag: 4. Mai

Sternzeichen: Stier

Blutgruppe: A

Lieblingsfarbe: Rot

Lieblingsessen: Wagashi

Beruf: Schülerin, Jobbt in einer Konditorei

Lieblingsmusik:
Idol Music Girlbands

Lieblingsschulfach:
Hauswirtschaft

Hobbies:
Kochclub der Schule, Backen, Essen

Mag:
Süßigkeiten, Plüschtiere, Ruhe

Mag nicht: Geschrei, Hachinoko, Mathematik

SATSUKI

Name: Satsuki Ito

Geburtstag: 13. April

Sternzeichen: Widder

Blutgruppe: O

Lieblingsfarbe: Blau

Lieblingsessen: Okonomiyaki

Beruf: Schülerin,
Sportstipendiatin

Lieblingsmusik:
Motivierender Rock

Lieblingsschulfach: Sport

Hobbies:
Volleyball, Leichtathletik
Kendo

Mag:
Bewegung, Natur
Schwimmen

Mag nicht: Stress,
öffentliche Verkehrsmittel,
Warteschlangen

Name: Emiko Tanaka
Geburtstag: 10. März
Sternzeichen: Fische
Blutgruppe: AB
Lieblingsfarbe: Orange
Lieblingsessen: Ramen
Beruf: Schülerin mit Stipendium

EMIKO

Lieblingsmusik:
Klassik
Lieblingsschulfach:
Mathematik, Physik
Hobbies:
Schach & Klavier
Mag:
Geistige Herausforderungen, Stille, Dokumentationen
Mag nicht:
Unlogische Lösungsansätze, Störungen beim Lernen, Leute, die Wissenschaft und Logik nicht respektieren

AOI

Name: Aoi Nakamura

Geburtstag: 25. Juli

Sternzeichen: Löwe

Blutgruppe: A

Lieblingsfarbe: Violett

Lieblingsessen: Vegan Street Food

Beruf: Schülerin, verkauft selbst-
gemachten Schmuck auf Flohmärkten

Lieblingsmusik:
Alternative Rock, Indie Pop

Lieblingsschulfach: Kunst &
Kunstgeschichte

Hobbies:
Malen, Skizzieren,
Modedesign, Shoppen

Mag:
Modeexperimente, bunte
Farben, Kunstausstellungen

Mag nicht: Uniformität,
kritiklose Konformität,
unkreative Denkweisen

DER LADENBESITZER

Name: Hiroshi Yodogawa

Geburtstag: 5. Januar **Sternzeichen:** Steinbock

Blutgruppe: 0 **Lieblingsfarbe:** Braun

Lieblingsessen: Misosuppe mit Algen

Beruf: Inhaber eines kleinen Gemüseladens

Lieblingsmusik: Gagaku, Shakuhachi-Flötenmusik

Hobbies: Esoterik und alte Bücher über Magie und Zauberei, Sammeln von okkulten Gegenständen, Teilnahme an Esoterik-Seminaren und – Workshops

Mag: Rituale und Zeremonien, Zaubersprüche

Mag nicht: Rationalismus und Skeptizismus, Menschen die seine magischen Praktiken belächeln oder kritisieren

HEY, LIEBE LESER UND LESERINNEN!

Bevor ihr in die verrückten Abenteuer von Yumi eintaucht, möchte ich, eure Autorin, kurz was loswerden. Unsere Geschichte ist wie ein wilder Ausflug in eine Welt, wo die Grenzen zwischen dem Absurden und dem Möglichen verschwimmen – und es ist ein Riesenspaß! Aber (und das ist ein großes „Aber"), ich muss euch eine kleine, aber wichtige Warnung mit auf den Weg geben.

So kreativ und amüsant Yumis Erlebnisse mit ihrem Gemüse auch sein mögen, bitte, bitte versucht nicht, diese Zuhause nachzumachen. Warum? Weil Lebensmittel, so verlockend sie auch sein mögen, nicht für... nun, gewisse Aktivitäten gedacht sind. Echt jetzt!! Der Einsatz könnte euch in Teufels Küche (oder eher ins Krankenhaus) bringen. Von unangenehmen Verletzungen bis zu echt ernsten Infektionen – das Risiko ist es nicht wert!

Also, genießt die Geschichte, lacht über die verrückten Ideen und lasst eure Fantasie wild werden – aber haltet euer Gemüse sicher in der Küche (und fern von euren intimen Zonen). Wir wollen alle Spaß haben, sicher und gesund bleiben, während wir es tun. Freut euch auf jede Menge Lacher und schräge Momente. Aber erinnert euch:

Manche Dinge gehören einfach nicht zusammen. Brokkoli und Schlafzimmer? Definitiv ein No-Go.
Viel Spaß beim Lesen und bleibt sicher!

Eure Haruka Isshiki

KAPITEL 1

Yumis Wecker klingelte so penetrant, dass sie kurz dachte, der kleine Kasten hätte persönlich etwas gegen sie. Mit einem genervten Grummeln schlug sie auf die Snooze-Taste – ein hoffnungsloses Unterfangen, denn Schlaf war jetzt sowieso ein verlorener Kampf. Fukuoka erwachte bereits zum Leben, und obwohl die Stadt sich in ihrem besten Licht zeigte, konnte Yumi diesem Morgen nur ein müdes Gähnen schenken.

Frühstück? Onigiri, wie immer. Sie griff nach dem kleinen, dreieckigen Reisball, den sie noch am Abend zuvor mit automatischen Bewegungen gerollt hatte. Essen, anziehen, los. Ihre Schritte auf dem Weg zur Schule waren mechanisch, fast so, als würde sie einer unsichtbaren Linie folgen, die nur für sie sichtbar war. Fukuoka blühte um sie herum auf – die Händler, die ihre Läden öffneten, die geschäftigen Passanten, die Straßenkatzen, die sich in den ersten Sonnenstrahlen sonnten. All das Lebendige, und Yumi mittendrin, gefangen in ihrer eigenen Welt.

Die Schule war für Yumi nicht nur ein Labyrinth aus Klassenzimmern und endlosen Fluren, sondern auch ein Universum für sich, in dem sie täglich zwischen den Erwartungen ihrer Lehrer und den neugierigen Blicken ihrer Mitschüler navigierte. Wenn die Mittagspause heranbrach, wurde diese andere Welt, die aus Büchern und Formeln bestand, von einem lebendigen Treiben abgelöst. Hier, in der kleinen Oase der Cafeteria, umgeben von ihren Freundinnen, fühlte sich Yumi wie in einem sicheren Hafen – zumindest meistens.

„Hast du schon gehört?", begann Mika, während sie sich einen Weg durch ihren Salat bahnte. „Makoto und Keiko sind zusammen gesehen worden!"

„Echt jetzt?", erwiderte Satsuki, die Augen weit aufgerissen, während sie versuchte, ihre Wasserflasche auf dem Kopf zu balancieren – ein Kunststück, das ihr bewundernde Blicke von den anderen einbrachte.

Emiko, immer die Vernünftige in der Gruppe, schüttelte den Kopf. „Ihr wisst, dass wir in zwei Wochen eine Mathearbeit schreiben, oder? Vielleicht sollten wir..."

„Ach, Emiko, immer mit dem Lernen", unterbrach Aoi sie, ihre Zeichenstifte ordnend.

„Das Leben besteht nicht nur aus Zahlen und Gleichungen. Kunst! Drama! Das ist es, was zählt.“

Inmitten dieser wirbelnden Gespräche über Schule, Klatsch und das Neueste aus dem Club der Drama-Königinnen, kam das Gespräch, wie es das Schicksal wollte, auf Yumis Liebesleben zu sprechen – oder besser gesagt, dessen Abwesenheit.

„Warum hast du eigentlich noch immer keinen Freund?“, fragte Satsuki, während sie ihre Wasserflaschen-Akrobatik beendete und Yumi einen verschwörerischen Blick zuwarf.

Yumi, die diese Frage schon kommen sah, versuchte zu lächeln, spielte mit. „Ach, weißt du, ich warte noch darauf, dass mein Traumprinz auf einem Einhorn angeritten kommt“, erwiderte sie, halb im Scherz, halb in der Hoffnung, das Thema wechseln zu können.

„Oder vielleicht solltest du’s mal mit Gemüse probieren!“, warf Mika ein, und hielt lachend ihre Bento Box mit Rohkost in die Höhe. „Stell dir vor, eine Romanze mit einem knackigen Brokkoli!“

„Ein geheimnisvoller Rettich, der bei Nacht Gedichte in mein Ohr flüstert“, kicherte Emiko.

„Oder eine Aubergine, die nicht nur anschmiegsam ist, sondern auch wunderbar und zudem kostenlos für meine Porträts posieren kann", fügte Aoi hinzu, während sie eine melodramatische Pose einnahm.

Yumi lachte mit, aber innerlich rollte sie mit den Augen. Gemüse, klar. Als wäre es so einfach, die Komplexitäten des Herzens und der Romantik mit einem Besuch im Gemüseladen zu lösen.

„Okay, okay", resignierte sie schließlich, als sich das Gelächter gelegt hatte, „ich werde das mit dem Grünzeug im Hinterkopf behalten. Wer weiß? Vielleicht ist ja wirklich ein magischer Brokkoli da draußen, der nur darauf wartet, mich zu verzaubern. Und ihr solltet das auch in Erwägung ziehen, denn von euch hat ja auch noch keine einen Freund."

Mitten in der drögen Wüste einer Doppelstunde Mathe, als Frau Nakamura sich an der Tafel abmühte, die Geheimnisse der Differentialrechnung zu enthüllen, starteten Yumi und ihre Gang eine Operation, die in die Annalen der Schulgeschichte eingehen sollte: Operation „Gemüse-Liebe".

Es begann alles ganz harmlos. Yumi, die Meisterin des unauffälligen Kicherns, kritzelte eine kleine Karikatur eines Brokkolis, der mit einer lässigen Sonnenbrille in der Disco abtanzte.

Das Kunstwerk wanderte unter dem Radar von Frau Nakamura über Mika und Satsuki zu Emiko und landete schließlich bei Aoi, die sich vor Lachen kaum noch halten konnte.

Mika, die offenbar einen heimlichen Kurs in „Gemüse-Porträts 101" belegt hatte, konterte mit einem Rettich, der so souverän einen Smoking trug, dass James Bond daneben wie ein Amateur aussah. Als Yumi das sah, prustete sie los – ein Geräusch, halb Schnauben, halb Kichern, das sie schnell hinter einem vorgespielten Hustenanfall versteckte.

Satsuki, deren künstlerische Fähigkeiten normalerweise beim Sport lagen, ließ ihrer Kreativität freien Lauf und schuf ein Liebespaar aus zwei sportlich-athletischen Karotten beim Synchronschwimmen. Die Vorstellung, dass Karotten Badekappen tragen könnten, brachte Yumi dazu, ein Kichern auszustoßen, das sie nur mühsam als Niesen tarnen konnte.

Emiko, das analytische Genie, das normalerweise mit Zahlen statt mit Pinseln jonglierte, steuerte eine Aubergine bei, die auf einem Schachbrett gegen einen Kürbis antrat – Einstein hätte vor Neid erblassen können. Das Bild war so absurd, dass selbst die sonst so ernste Emiko ein Schmunzeln nicht unterdrücken konnte.

Doch der Höhepunkt des ganzen Unterfangens war Aois Beitrag: Eine Süßkartoffel, die als Stand-Up-Comedian auftrat und Gemüse-Witze riss. Das Bild war dermaßen komisch, dass Satsuki, die es gerade betrachtete, in ein derart unkontrollierbares Gelächter ausbrach, dass es durch das ganze Klassenzimmer schallte.

Frau Nakamura, die bis dahin geduldig versucht hatte, die Geheimnisse der Mathematik zu entschlüsseln, drehte sich blitzschnell um. „Satsuki! Wenn Sie die Differentialrechnung so amüsant finden, teilen Sie Ihren Humor bitte draußen mit der Wand", schnaubte sie, während ihre Kreide gefährlich nahe am Zerbröseln war.

Mit Tränen der Belustigung in den Augen, sammelte Satsuki ihre Sachen und trottete hinaus, aber nicht ohne Yumi zuzuflüstern: „Das war's wert. Die Süßkartoffel war einfach zu gut."

Als die Tür hinter Satsuki ins Schloss fiel, mussten Yumi und die anderen sich auf die Lippen beißen, um nicht laut loszuprusten. Sicher, sie sollten sich wahrscheinlich auf die Mathearbeit konzentrieren, aber wie konnte man schon an Algebra denken, wenn irgendwo eine Süßkartoffel mit einem Mikrofon stand und Gemüsewitze riss?

Der Nachmittag zog sich wie Kaugummi. Mit jedem Schritt auf ihrem Heimweg fühlte sie sich, als würde sie tiefer in die verworrenen Kabelsalate ihrer eigenen Gedankenwelt sinken. Die Straßen ihrer Heimatstadt, normalerweise ein pulsierendes Gewirr aus Lichtern, Farben und dem unaufhörlichen Summen des Lebens, wirkten heute, als hätte jemand den Kontrast heruntergedreht und sie in ein graues Tuch gehüllt.

Fukuoka war ihr Zuhause, ihr Ankerpunkt in einem Meer aus Chaos und Routine. Und doch, in Momenten wie diesen, träumte Yumi davon, ihre Flügel auszubreiten und über all den Trubel hinwegzufliegen. Einfach mal raus aus dem immergleichen Trott. Kaum hatte sie die Tür zu ihrem Zimmer hinter sich geschlossen, flog ihre Tasche in eine Ecke – ein perfekter Wurf, der von keinem Basketballspieler besser hätte ausgeführt werden können. Mit einem tiefen Seufzer ließ sie sich auf ihr Bett fallen, das bei ihrem Aufprall leise protestierte. Die Decke über ihr starrte sie an, als ob sie Yumi dazu auffordern würde, all die großen Lebensfragen zu beantworten. Yumi starrte zurück, als könnte sie dadurch irgendeine göttliche Eingebung erhalten.

„War das schon alles?", murmelte sie in den Raum hinein. „Schule, nach Hause kommen, schlafen, und dann wieder von vorne?"

Ein gedankenverlorenes Seufzen entwich ihren Lippen. Der Gedanke an ihre Freundinnen ließ sie schmunzeln. „Vielleicht sollten sie wirklich mal... mit Gemüse ausgehen?", wiederholte sie den Rat ihrer Freundinnen halb belustigt, halb verzweifelt. Plötzlich sprudelten die Bilder von ihrem „Gemüse-Spaß" im Klassenzimmer wieder hoch, und ein unwillkürliches Lächeln breitete sich auf ihrem Gesicht aus. „Ein Date mit einem Brokkoli", kicherte sie, die Vorstellung genüsslich ausspinnend. „Stellt euch vor, ich bring ihn in ein Fünf-Sterne-Restaurant. ,Ein Teller Nudelsuppe für mich, bitte, und für den Herrn ein Teller Dünger und ein Glas Wasser.'„

Sie rollte sich auf dem Bett herum, lachte jetzt lauter, während sie sich ausmalte, wie sie Hand in Hand – oder Blatt in Hand – mit einem großen Brokkoli den Strand entlangschlenderte. „Oder noch besser", fuhr sie fort, ihre Gedanken galoppierend, „ein romantischer Abend zuhause. Kerzenlicht, sanfte Musik und dann die große Frage: 'Willst du die Wurzel meines Lebens sein?'„

Das Lachen, das Yumi umgab, war wie eine Befreiung von dem grauen Schleier, der den Tag getrübt hatte. Vielleicht waren es nicht die Antworten, die sie suchte, aber in diesem Moment, in ihrem Zimmer, umgeben von ihren albernen Fantasien, fühlte sich alles ein bisschen heller an.

KAPITEL 2

DIE BEGEGNUNG

Der Nachmittag war ein echter Kriecher. Mit jedem Schritt, den Yumi auf dem Heimweg machte, fühlte es sich an, als würde sie nicht nur durch die Straßen von Fukuoka stapfen, sondern auch durch einen dicken Nebel ihrer eigenen wirren Gedanken. An Tagen wie diesen, wo die Schule sich anfühlte wie eine endlose Folge von „Warum lerne ich das überhaupt?", sehnte sie sich nach einem Ausbruch aus der Routine. Etwas, das die ewige Wiederholung von Schule, Hausaufgaben und Schlafen durchbrechen könnte.

Fast wie auf Autopilot fand sich Yumi plötzlich nicht auf dem direkten Weg nach Hause wieder, sondern schlenderte Richtung des lokalen Gemüsemarktes – einem Ort, den sie normalerweise nur hastig passierte.

„Warum bin ich überhaupt hier?", fragte sie sich, während sie zwischen den Ständen umherschweifte. Die Luft war erfüllt von den Rufen der Händler, dem Duft frischer Kräuter und dem leisen Murmeln der anderen Kunden.

Ihre Gedanken drifteten zu dem scherzhaften Rat ihrer Freundinnen zurück. Natürlich hatte Yumi nicht vor, wirklich Grünzeug zum Date auszuführen. Aber die Idee reizte sie.

Als sie an einem Stand mit besonders prächtig aussehendem Gemüse stehenblieb, konnte sie ein leises Lächeln nicht unterdrücken. „Vielleicht finde ich ja hier meinen Traummann, der nicht davonlaufen kann", dachte sie, während sie vorsichtig eine besonders stolz aussehende Rübe hochhob.

Der Händler, ein älterer Herr mit einem scharfen Blick und einem verschmitzten Lächeln, beobachtete sie.

„Suchst du etwas Bestimmtes, junge Dame?", fragte er, offensichtlich amüsiert über ihre interessierte Musterung seiner Gemüseauslage.

Yumi, die nicht ganz wusste, wie sie ihre bizarre Mission erklären sollte, ohne verrückt zu klingen, antwortete: „Eigentlich suche ich nach Inspiration. Für... ein Schulprojekt. Über Gemüse."

„Ach, Inspiration!", erwiderte der Händler, nickend. „Nun, dann bist du hier genau richtig. Dieser Brokkoli hier zum Beispiel ist der Star eines jeden Gemüse-Ensembles. Und die Karotten – wahre Wunder der Natur."

Es war schwer zu sagen, was genau Yumi in diesem Moment fühlte. Der Brokkoli war perfekt – nicht zu groß und nicht zu klein, mit einem satten Grün, das so lebhaft war, dass es fast unnatürlich wirkte. Und irgendwie... irgendwie fühlte Yumi eine unerklärliche Anziehung zu diesem Stück Gemüse. Vielleicht war es die Perfektion seiner Form, die Art, wie er sich von allem anderen auf dem Markt abhob, oder vielleicht war es einfach die Absurdität der Situation, die Yumi dazu brachte, zu erröten.

„Ein schönes Stück, nicht wahr?", riss die freundliche Stimme des Ladenbesitzers sie aus ihren Gedanken.

„Äh, ja... ich nehme ihn", antwortete sie, noch immer halb in ihren Gedanken verloren. Sie bezahlte die überteuerten 400 Yen, schnappte sich den Brokkoli und verließ den Markt, immer noch nicht ganz sicher, was sie da eigentlich gerade getan hatte.

Zuhause angekommen, betrachtete Yumi ihren Kauf. Der Brokkoli lag auf dem Küchentisch, fast so, als wäre er stolz darauf, ausgewählt worden zu sein. Sie brach in Gelächter aus. Es war albern, wirklich. Sie, eine kluge Schülerin, die einen Brokkoli mit nach Hause nahm, weil... ja, warum eigentlich?

Sie entschied, den Brokkoli zu waschen und den Strunk... naja, irgendwie zu „schnitzen", ein Plan, der genauso verwirrend war wie faszinierend. Es war, als würde sie einem Impuls folgen. Sie entfernte alle Unebenheiten.

Nachdem der Brokkoli einen Ehrenplatz auf Yumis Küchentisch erhalten hatte, verbrachte sie einige Momente damit, ihn zu betrachten, als wäre er ein rätselhaftes Kunstwerk.

„Nun", flüsterte Yumi, „was nun?"

In einem Anflug von Kreativität arrangierte sie ein kleines „Bett" aus einem Geschirrtuch und legte den Brokkoli sanft darauf, als wäre er ein kostbarer Schatz. Sie zündete sogar eine Kerze an – eine Geste, die bei jeder anderen Gelegenheit romantisch gewesen wäre, unter diesen Umständen jedoch einfach nur belustigend wirkte.

„Hier, für die Stimmung", murmelte sie, während sie die Kerze mit einem feierlichen Nicken anzündete. Der Brokkoli, unbeeindruckt von seinem neuen Status als Yumis Abendbegleitung, thronte stolz und grün auf seinem Tuchbett.

Der Rest des Abends verlief in einem Wirbel aus albernen Gesprächen (einseitig, natürlich), bei denen Yumi dem Brokkoli von ihrem Tag erzählte, ihren Träumen und sogar ihren Zweifeln. Sie servierte ihm sogar ein Glas Wasser – nicht, dass er es trinken konnte, aber es war der

Gedanke, der zählte. Als die Kerze niederbrannte und die Schatten in Yumis Küche länger wurden, konnte sie nicht anders, als über ihre Situation zu lachen. Hier war sie, eine junge Frau, die einen Brokkoli datete. Und das Merkwürdigste daran? Es fühlte sich auf eine verrückte Art und Weise... richtig gut an.

„Gute Nacht, mein grüner Ritter", flüsterte sie, bevor sie das Licht löschte und sich zurückzog, den Brokkoli allein in der Küche lassend, umgeben von der Stille der Nacht und dem flackernden Schimmer der letzten Kerzenglut.

„Ihr werdet es nicht glauben, aber gestern Abend... ich glaube, ich hatte ein Date. Mit einem Brokkoli", begann Yumi, ein Lächeln unterdrückend, während sie erzählte, wie sie den Brokkoli „bewirtet" hatte, ihm sogar ein Glas Wasser angeboten und sich dadurch weniger allein gefühlt hatte. „Er ist definitiv kostengünstiger als ein Host Boy", scherzte sie und war sich bewusst, wie bescheuert das klang.

Ihre Freundinnen, zunächst sprachlos, begannen dann den Kopf zu schütteln, teils amüsiert, teils besorgt um ihren geistigen Zustand.

„Echt jetzt? Ein Date mit einem Brokkoli? Du solltest ihn doch nicht daten... es gibt... ähm, andere Dinge, die man mit Gemüse machen kann", kicherte Mika, bevor sie fortfuhr, „Es gibt weitaus interessantere Aktivitäten für dich und deinen grünen Freund."

Zunächst verwirrt über die Andeutung, bekam Yumi die Zweideutigkeit nicht mit.

Ihre Verwirrung verdichtete sich, als Aoi, die Künstlerin der Gruppe, sich vorsichtig vorbeugte und mit gespielter Verschwörermiene flüsterte: „Nun, du könntest ihm eine... äh, gründlichere 'Wäsche' geben, wenn du verstehst, was ich meine."

Die Andeutung traf sie wie ein Schlag. Ihre Wangen durchliefen ein Spektrum an Rottönen, das von „leicht verlegen" bis zu „Alarmstufe Rot" reichte. „Nein, nein! So etwas würde ich niemals tun!", entfuhr es ihr, während sie versuchte, sich die aufkeimenden Bilder aus dem Kopf zu schlagen.

Emiko, die bis dahin schweigend ihr Buch gelesen hatte, blickte auf und seufzte. „Ich glaube, wir sollten lieber über Photosynthese reden als über... das." Doch ihr Vorschlag ging im allgemeinen Kichern und Augenrollen unter.

Der Nachmittag verging in einem Nebel aus peinlichen Gedanken und verlegenen Blicken auf ihren Brokkoli, sobald sie nach Hause kam. Sie stellte ihn wieder auf den Tisch, diesmal mit einer Mischung aus Belustigung und einem Funken Empörung darüber, was ihre Freundinnen vorgeschlagen hatten.

„Glaub bloß nicht, dass ich auf solche Ideen kommen würde", schimpfte sie mit ihm, als wäre er ein alter Freund, der bereit wäre, ihre Klagen anzuhören. „Die Welt ist verrückt genug, da brauche ich nicht auch noch... solche Ratschläge."

Sie erzählte ihm von ihrem Tag, von der seltsamen Unterhaltung mit ihren Freundinnen und wie absurd das alles war. Der Brokkoli, wie immer, bot ein stummes Ohr, aber für Yumi war es genug.

Mitten in der Nacht, als Yumi im Bett lag und die Decke ein ums andere Mal umdrehte, suchte der Schlaf sie so hartnäckig wie ein schüchterner Verehrer, der sich nicht traut, anzuklopfen. Das Zimmer war still, zu still. Und in dieser Stille fühlte sich Yumi so einsam, als wäre sie die letzte Person auf einem Planeten, der ausschließlich von Socken bewohnt wird, die aus der Waschmaschine entkommen sind.

Mit einem Entschluss, der in dem Moment absolut logisch erschien, schwang Yumi die Beine aus dem Bett und tappte barfuß durch das kühle Dunkel ihrer Wohnung.

In der Küche angekommen, fand sie ihren Brokkoli dort, wo sie ihn gelassen hatte: auf dem Küchentisch, so ruhig und gelassen, als wäre er der Wächter des nächtlichen Friedens. Yumi konnte ein Grinsen nicht unterdrücken.

„Du bist jetzt offiziell eingeladen zu einer Pyjamaparty", flüsterte sie ihm zu, während sie ihn hochhob, als würde sie einen kostbaren Schatz bergen.

Zurück in ihrem Zimmer, legte sie den Brokkoli neben sich ins Bett. Sie musste sich eingestehen, dass das Bild eines Mädchens, das einen Brokkoli umarmt, vermutlich auf keiner Liste von erwachsenen Bewältigungsstrategien zu finden war. Aber in diesem Moment war es ihr egal.

„Du bist jetzt mein offizieller Kuschelpartner", verkündete sie mit einer Feierlichkeit, die das Ganze noch verrückter machte. Sie drückte dem Brokkoli einen sanften Kuss auf das, was man mit etwas Fantasie als Stirn bezeichnen könnte, und kicherte. „Keine Sorge, ich erwarte keine Gegenleistung. Außer vielleicht, dass du mich nicht im Stich lässt, indem du zu schnell verwelkst."

Als sie sich zurück in die Kissen sinken ließ, den Brokkoli fest im Arm, fühlte sich die Welt plötzlich ein bisschen weniger einsam an. Doch Geborgenheit war nicht alles, was sie fühlte. Wie sie sich an die glattgeschnitzte Form des Strunkes schmieg, erwachte Erregung in ihr.

„Das ist doch idiotisch", hauchte sie ihm entgegen und nahm einen tiefen Atemzug. Mit behutsamer Hingabe ließ sie ihre Hände zu ihren großen Brüsten wandern, befreite sie aus ihrem Unterhemd. Anschließend streifte sie ihr Höschen ab.

Sie knetete ihre Brüste, spielte mit ihren Spitzen und ein prickelnder Schauer durchzog ihren Körper als sie den geschmeidigen Strunk über ihre Nippel gleiten ließ. Es war ein unbeschreibliches Gefühl, als die Brokkoliröschen ihre Brustwarzen neckten und immer härter werden ließen. Behutsam ließ sie das grüne Gemüse hinabwandern, über ihre zärtliche Pforte gleiten. Ihre Möse pulsierte. Sollte sie es tatsächlich wagen? Sie zögerte, spürte jedoch, wie ihre Lust immer weiter in ihr hochkochte. Ihre Schenkel bebten vor Lust, als sie sich dem Zauber hingab und den Brokkoli zwischen ihre Schamlippen platzierte. Langsam rieb sie ihn gegen ihre feuchte Öffnung, benetzte ihn mit ihrem Nektar, ehe er fast wie von alleine in sie eindrang.

Ein Stöhnen entwich ihren Lippen und sie spürte die glatte, leicht faserige Struktur des Strunkes, der perfekt in sie hineinpasste. Die rhythmischen Bewegungen, mit denen sie ihn tief in sich hineindrückte, wurden immer schneller. Jeder kräftige Stoß ließ sie laut aufstöhnen und ihr Körper begann zu zucken, als sie mit der anderen Hand begann, ihren Kitzler zu reiben.

Verzweifelte Atemzüge und ein unkontrolliertes Zittern überkamen sie, ihre Sinne verschwammen und sie erlebte einen Höhepunkt aus intensiven Empfindungen. Sie rang nach Luft, zutiefst befriedigt, als sie den Brokkoli wieder in die Freiheit zog. Behutsam legte sie ihn auf das Kopfkissen neben sich und schloss die Augen.

Ihr letzter Gedanke, bevor sie endlich mit einem Grinsen in den Schlaf glitt, war, dass sie am nächsten Tag ihren Freundinnen von ihrem neuen Kuschelpartner erzählen musste. Oder lieber nicht. Sie konnte die Witze schon fast hören.

KAPITEL 3

DER ERWACHTE

Die Morgensonne kitzelte Yumi sanft wach, ein neuer Tag brach an. Doch die friedliche Stille des Morgens sollte nicht lange währen.

Als sie die Augen öffnete, erwartete sie nichts Ungewöhnliches – vielleicht den Anblick ihres Zimmers, das in sanftes Licht getaucht war, oder das vertraute Summen der Stadt, das langsam zu ihr hinaufdrang.

Stattdessen fand sie sich Auge in Auge mit einer Erscheinung, die alles infrage stellte, was sie bis zu diesem Moment für möglich gehalten hatte.

Der Brokkoli, ihr stummer grüner Zuhörer vom Vorabend, hatte sich verändert. Wo vorher nur grüne Röschen waren, prangten nun zwei glänzende Augen und ein Mund, der eher an eine Zeichentrickfigur erinnerte als an ein Stück Gemüse. Und aus diesem Mund kam eine Stimme – grimmig, piepsig und unmissverständlich empört.

„Also wirklich, das ist das Mindeste, was du

tun kannst, nach dem, was letzte Nacht passiert ist!", schimpfte der Brokkoli, seine Augen funkelten vor Vorwurf.

Yumi rieb sich die Augen, einmal, zweimal, überzeugt davon, dass sie noch träumte. Doch als sie ihre Hand wegnahm, war das sprechende Gesicht immer noch da, und es schien alles andere als begeistert über die aktuelle Situation.

„Äh… was soll ich tun? Moment mal… Ein… sprechender Brokkoli?", stammelte Yumi, ihre Stimme irgendwo zwischen Faszination und blankem Entsetzen schwebend.

„Ja, ein sprechender Brokkoli!", erwiderte er, offensichtlich unbeeindruckt von ihrer Verwirrung. „Und jetzt, wo wir das geklärt haben, wäre es nett, wenn du deine Pflichten erfüllen würdest. Ich muss eingepflanzt werden! In spezielle Erde, mit speziellem Dünger und besonderem Wasser – und das sofort!"

Yumi saß da, unfähig, etwas zu sagen. Ihr Geist raste. War das alles ein Traum? Ein sehr lebendiger, sehr verrückter Traum? Aber nein, der Brokkoli vor ihr war real, seine Forderungen waren real, und das Gefühl der Bettfedern unter ihr war unmissverständlich real.

„Aber… ich… was?", war alles, was sie herausbrachte, ihre Gedanken überschlugen sich.

Der Brokkoli seufzte, ein seltsames Geräusch,

das irgendwie an das Knarren einer alten Tür erinnerte. „Ich verstehe, dass das alles sehr überraschend für dich sein muss. Aber ich versichere dir, es ist ebenso überraschend für mich. Jetzt, da wir uns im Klaren sind, dass ich mehr als nur ein Abendessen bin, wäre es an der Zeit, meine Anweisungen zu befolgen. Es ist nicht gerade mein Traum gewesen, in einem menschlichen Schlafzimmer aufzuwachen und um mein Leben zu verhandeln.“

Mit zitternden Händen zog Yumi sich an und machte sich daran, die bizarrste Aufgabe ihres Lebens zu erfüllen: ihren neuen grünen Mitbewohner zu pflanzen. Sie holte ein Päckchen Blumenerde und einen Blumentopf von ihrem kleinen Balkon.

„Warte, stopp! Normale Blumenerde? Hast du mir etwa nicht zugehört?“, rief er aus, seine Röschen vibrierend vor Unglauben. „Mensch, Mädchen, bei allem, was grün ist – normale Erde funktioniert bei mir nicht!“

Kurz irritiert, konnte sie ein Schmunzeln nicht unterdrücken. „Äh, was brauchst du denn dann?“, fragte sie, während sie den Topf wieder abstellte.

„Also wirklich, Yumi, ich dachte, ich hätte es mit einer klugen Hummel zu tun“, spottete der Brokkoli. „Hol das Notizbuch, mein Kind. Dein menschliches Gedächtnis ist so löchrig wie ein Schweizer Käse. Du wirst es sicher vergessen."

Mit einem Augenrollen, das ihre Amüsiertheit nicht ganz verbergen konnte, griff Yumi nach Stift und Papier. „Okay, ich bin bereit. Erleuchte mich mit deinem pflanzlichen Wissen", erwiderte sie, während sie sich auf die kommende Lektion in 'Brokkoliologie' vorbereitete.

„Zuerst", begann der Brokkoli, „benötigst du Erde, die den Hauch eines Einhorns gespürt hat, vermischt mit dem Lachen eines Kätzchens… Hahaha! Nur Spaß – sieh dir dein Gesicht an!"

Yumis Lachen erfüllte den Raum, eine willkommene Erleichterung von der Spannung, die das Gespräch mit einem anspruchsvollen Brokkoli mit sich brachte. In diesem Moment wurde ihr klar, dass diese bizarrste Aufgabe ihres Lebens vielleicht auch die unterhaltsamste werden könnte.

Der Brokkoli, der nun offensichtlich eine größere Rolle in ihrem Leben spielte, als sie je für möglich gehalten hätte, diktierte ihr eine Liste, die mehr nach einer Schnitzeljagd klang als nach einem einfachen Gang zum Gartencenter.

„Erstens", begann der Brokkoli mit einer Ernsthaftigkeit, die Yumi fast zum Kichern gebracht hätte, wäre die Situation nicht so absurd gewesen, „brauchen wir Erde, aber nicht irgendeine

Erde. Es muss Erde vom Nordhang des Aso-Vulkans sein. Nur diese besitzt die mineralische Zusammensetzung, die ich benötige."

Yumi kritzelte auf ihrem Notizblock herum, ihr Blick wechselte zwischen dem Brokkoli und dem Papier. „Und wie genau soll ich an vulkanische Erde aus Kumamoto kommen?", fragte sie, halb belustigt, halb verzweifelt.

„Das ist deine Sache. Weiter", fuhr der Brokkoli unbeeindruckt fort, „brauche ich Dünger, angereichert mit dem Nektar von tausend Kirschblüten. Und das Wasser muss aus der Quelle des versteckten Wasserfalls auf der Insel Yakushima stammen. Ach ja, und zum Schluss noch etwas sehr Spezielles: Die Tränen einer lachenden Möwe. Nur so kann ich gedeihen."

Yumis Stift stoppte. „Warte, was? Tränen einer lachenden Möwe? Wie soll ich denn bitte...", begann sie, aber der Brokkoli unterbrach sie mit einem Seufzer, der zeigte, dass er für ihre Logik keine Geduld hatte.

„Wenn du willst, dass ich wachse, musst du diese Dinge beschaffen. Es gibt keinen anderen Weg", erklärte er mit piepsiger Stimme.

So machte sich Yumi auf den Weg, bewaffnet mit einer Liste, die bizarrer nicht sein könnte. Ihre erste Station war das Internet, wo sie herausfand, dass sie tatsächlich vulkanische Erde online bestellen konnte – zu einem Preis, der sie zweimal schlucken ließ. Dann kam der Dünger. Diese Art Kirschblütendünger existierte natürlich nicht im echten Leben, also mischte Yumi kurzerhand selbst einen zusammen, indem sie handelsüblichen Dünger mit Kirschblütentee infundierte.

Das Wasser aus Yakushima zu besorgen, erwies sich als die größte Herausforderung. Nach stundenlanger Recherche fand sie einen obskuren Online-Shop, der „mystisches Wasser" aus verschiedenen Quellen Japans anbot, einschließlich Yakushima. Ob es wirklich das Wasser aus der besagten Quelle war, stand in den Sternen, aber Yumi bestellte es trotzdem.

Die Tränen einer lachenden Möwe waren natürlich unmöglich zu finden. Stattdessen begab sich Yumi in den Stadtteil Sawara und machte sich von dort aus auf den Weg zum Momochi Beach, fest entschlossen, die geforderten Tränen zu ergattern. Am Strand angekommen, bemerkte sie die bizarren Blicke, als sie versuchte, Möwen mit sanften Worten und offenen Armen zu locken – ein Anblick, der so manchen Strandbesucher verwirrt innehalten ließ. Ein kleiner Junge, gefesselt von Yumis Möwenflüsterei, trat näher. „Was machst du da?", fragte er mit leuchtenden Augen. Doch kaum hatte er die Frage gestellt, zog ihn seine Mutter hastig zurück.

„Komm, Schatz", flüsterte sie, während sie einen besorgten Blick auf Yumi warf. „Das ist eine arme, kranke Frau. Wir sollten sie in Ruhe lassen."

Nach einem langen Nachmittag voller erfolgloser Versuche, auch nur eine Möwe zum Lachen zu bringen (geschweige denn weinen), gab sie auf und beschloss, Meerwasser als symbolischen Ersatz zu verwenden.

Als Yumi nach ihrem abenteuerlichen und letztlich erfolglosen Nachmittag am Strand endlich nach Hause kam, war sie erschöpft, aber auch ein bisschen stolz auf sich. Sie hatte sich durch die absurde Liste gearbeitet und war bereit, sich dem Urteil ihres grünen, nun sprechenden Mitbewohners zu stellen.

„Das ist also deine Vorstellung von der Träne einer lachenden Möwe?", begrüßte der Brokkoli sie mit sichtlicher Skepsis, als sie ihm das Fläschchen mit Meerwasser präsentierte.

„Hör zu, ich habe wirklich versucht, eine Möwe zum Weinen zu bringen, okay? Es ist nicht so einfach, wie es klingt", verteidigte sich Yumi, ihre Erschöpfung und Frustration mischten sich in ihre Stimme.

Der Brokkoli kicherte, ein Geräusch, das sich merkwürdig unpassend aus seinem Gemüsemund anhörte.

„Ich habe dich nur auf den Arm genommen. Ich wollte sehen, wie weit du gehen würdest. Möwentränen? Komm schon, wer glaubt so einen Blödsinn."

Yumis Erschöpfung verwandelte sich schlagartig in Empörung. „Ein Scherz? Ich habe den halben Tag damit verbracht, Möwen zum Lachen zu bringen, und du sagst mir jetzt, das war alles ein Scherz?"

„Nun, du hast es versucht, das zählt doch", lobte der Brokkoli sie, offensichtlich amüsiert über die ganze Angelegenheit. Aber Yumi war nicht zum Lachen zumute.

„Und was ist mit dem Rest? Die vulkanische Erde? Der Kirschblütendünger? Das Wasser aus Yakushima?", fragte er weiter, seine Stimme wechselte schnell von Amüsement zu Ungeduld.

„Ich habe alles bestellt. Es wird in drei Tagen hier sein. Du musst warten", erklärte Yumi, ihr Tonfall ließ keinen Widerspruch zu.

„Drei Tage? Drei Tage! Ich verderbe bis dahin!", protestierte der Brokkoli, seine Stimme wurde lauter und seine Worte rutschten in eine Reihe von Flüchen ab, die Yumi rot werden ließen.

„Jetzt reicht's!", rief sie aus, ihre Geduld endgültig am Ende. Mit einer Entschlossenheit, die sie selbst überraschte, griff sie den fluchenden

Brokkoli und marschierte mit ihm zur Küche.

„Du kannst dich im Kühlschrank abkühlen, bis du dich benimmst!", verkündete sie und sperrte ihn zwischen einem Käseblock und einer Flasche Sojasauce ein.

Der Brokkoli protestierte lautstark, aber seine piepsige Stimme wurde gedämpft, sobald die Kühlschranktür ins Schloss fiel. Yumi lehnte sich gegen die Tür, atmete tief durch und konnte nicht glauben, dass sie gerade einen Brokkoli zurechtgewiesen hatte – und das mit einer Entschlossenheit, die sie sich nie zugetraut hätte.

Als die Nacht hereinbrach, fühlte Yumi ein Zögern in sich aufsteigen. Der Gedanke, den Brokkoli über Nacht im Kühlschrank zu lassen, erschien ihr plötzlich unfair, selbst nach seinem Ausbruch. Sie ging zurück in die Küche und öffnete den Kühlschrank, wo der er schmollend zwischen den Lebensmitteln saß.

„Hast du dich jetzt beruhigt?", fragte sie leise, während sie ihn vorsichtig herausnahm. „Wenn ja, darfst du bei mir schlafen. Aber nur, wenn kein weiteres Fluchen kommt."

Der Brokkoli, sichtlich erleichtert, dem kalten Gefängnis zu entkommen, gab einen zynischen Kommentar ab. „Oh, welche Ehre, in einem menschlichen Schlafzimmer übernachten zu dürfen."

Doch trotz seines Sarkasmus war klar, dass er die Wärme ihres Zimmers dem Kühlschrank vorzog.

Sie platzierte sie ihn auf ihrem Nachttisch, wo er sie mit einem misstrauischen Blick musterte. Die Stille der Nacht umgab sie, und Yumi konnte nicht anders, als die drängenden Fragen, die ihr durch den Kopf gingen, laut auszusprechen.

„Wie ist das alles möglich? Wo kommst du her?", fragte sie, ihr Blick fest auf ihn gerichtet.

Er seufzte, ein Geräusch, das fast menschlich klang, und begann zu erzählen. „Ich komme von einem alten Ort, einen, den die meisten Menschen vergessen haben. Es gibt eine Legende von einem Ort namens Yōkai Yashiki – das Haus der Geister. Es ist ein Ort, an dem Wesen existieren, die nicht ganz Geist, nicht ganz Pflanze oder Tier sind. Ich bin ein Produkt dieses Ortes, ein Kokemusha – ein Mooskrieger."

Yumi hörte fasziniert zu, während der Brokkoli fortfuhr.

„Vor langer Zeit gab es einen mächtigen Zauberer, der die Grenzen zwischen den Welten verwischte. Er experimentierte mit der Essenz des Lebens selbst, vermischte die Geisterwelt mit der Natur, und so entstanden Wesen wie ich. Wir waren gedacht als Wächter, als Brücken zwischen den Welten, doch mit der Zeit gerieten wir in

Vergessenheit, verborgen vor den Augen der Menschen."

„Aber warum bist du jetzt hier? Warum ein... Brokkoli?", konnte Yumi ihre Verwirrung nicht verbergen.

„Das, meine liebe Yumi, ist das Werk des Zauberers. Er liebte seine Streiche. In jedem von uns Koke-musha legte er die Möglichkeit, zu erwachen, in etwas so Alltäglichem wie einem Brokkoli. Der Zauber, der mich erweckte, wurde durch deine... ähm, besondere Art der Interaktion ausgelöst. Es war ein Zeichen, dass du bereit warst, die Verbindung zur anderen Welt zu öffnen und mich zu meinem wahren Zweck zu führen."

Yumi saß da, überwältigt von der Geschichte. Der Brokkoli vor ihr war nicht einfach ein Stück Gemüse, sondern ein Wesen aus einer längst vergessenen Welt, erwacht durch eine Verkettung absurd komischer Umstände.

„Und was ist jetzt dein wahrer Zweck?", fragte sie schließlich, ihre Neugier geweckt.

„Das, meine Hübsche, werden wir gemeinsam herausfinden. Es scheint, als wäre unser Schicksal nun auf unerwartete Weise miteinander verwoben", antwortete er mit einem Ton, der fast so etwas wie Wärme enthielt.

Mitten in der Nacht, in Yumis Zimmer, wo die Stille so tief war, dass man fast das Flüstern der Sterne zu hören meinte, kam das Unerwartete: der Brokkoli fing an zu schnarchen. Ja, richtig gehört – der Brokkoli. Und wie er schnarchte! Es klang, als würde irgendwo im Zimmer ein winziges, aber sehr entschlossenes Staubsaugermonster sein Unwesen treiben.

Yumi, die gerade auf dem besten Weg ins Traumland war, blinzelte in die Dunkelheit.

„Das ist jetzt nicht dein Ernst", murmelte sie, halb belustigt, halb verzweifelt. Das Schnarchen war eine Mischung aus einem alten Auto beim Kaltstart und dem Summen eines sehr zufriedenen Kätzchens – wenn man sich das irgendwie vorstellen kann.

Sie versuchte, sich die Situation bildlich vorzustellen: Da lag sie, Yumi, eine ganz normale Schülerin (nun ja, mehr oder weniger), die versuchte, neben einem schnarchenden Brokkoli Schlaf zu finden. Wenn sie das jemandem erzählen würde, man würde sie direkt in die nächste Klapsmühle einweisen.

Das Schnarchen schwoll an, wurde zu einem kleinen Orchester aus Pfeifen, Grunzen und gelegentlichem Zischen. „Könntest du vielleicht... nicht die ganze Nachbarschaft aufwecken?", flüsterte sie, wohl wissend, dass es eine eher rhetorische Frage war. Sie stupste den Brokkoli leicht an, in der Hoffnung, ihn in eine weniger lärmende Schlafposition zu bringen.

Nichts zu machen. Er schnarchte weiter, unbeirrt von ihren sanften Schubsereien. In ihrer Verzweiflung griff sie nach ihrem Kopfkissen und presste es sich über die Ohren. Doch es half alles nichts; das Schnarchen war durchdringend, eine akustische Kraft, die sich nicht so leicht unterkriegen ließ.

Schließlich, irgendwann zwischen einem besonders enthusiastischen Grunzen und dem Zischen, das klang, als würde der Brokkoli gerade den Mount Everest im Schlaf erklimmen, fand Yumi doch noch in den Schlaf. Ihre Träume waren seltsam und bunt, bevölkert von schnarchenden Gemüsen in einem Zauberwald, wo die Blätter leise kicherten und die Sterne sanft schnurren.

KAPITEL 4

Am dritten Tag, pünktlich wie der Shinkansen, kamen die Pakete an. Yumi, die seit dem Aufwachen auf die Lieferung gewartet hatte, fühlte eine Mischung aus Aufregung und Nervosität, als sie die Pakete ins Wohnzimmer schleppte. Der Brokkoli, der ihr von seinem Platz auf dem Küchentisch aus zusah, wippte ungeduldig hin und her.

„Das ist also die berühmte Erde vom Aso-Vulkan", murmelte Yumi, während sie alles behutsam öffnete. Doch der wahre Test stand noch aus: das Quellwasser von Yakushima.

Als sie die Flasche mit dem „mystischen Wasser" hervorholte, beäugte der Brokkoli sie skeptisch.

„Lass mich mal riechen", forderte er, und Yumi hielt ihm die geöffnete Flasche hin. Nach einem kurzen, intensiven Schnüffeln schüttelte er seinen Blätterkopf. „Das ist kein echtes Quellwasser. Das ist Leitungswasser, dem sie ein paar Mineralien zugesetzt haben. Eine Fälschung!"

Yumi seufzte. Sie hatte es befürchtet, aber die Bestätigung zu hören, war dennoch enttäuschend. „Was sollen wir jetzt tun?", fragte sie, während sie die Flasche enttäuscht betrachtete.

Der Brokkoli richtete sich auf, sein Ton wurde entschlossen. „Wir haben keine andere Wahl, als selbst nach Yakushima zu gehen und das Wasser direkt von der Quelle zu holen."

„Nach Yakushima? Aber das ist..." Yumi griff nach ihrem Laptop und begann, die Entfernung und Reisemöglichkeiten zu recherchieren. „Das sind hin und zurück 1000 Kilometer! Wir müssen fliegen und dann wandern, um den versteckten Wasserfall zu finden."

Doch der Brokkoli ließ sich nicht beirren. „Wenn du willst, dass ich überlebe, müssen wir das echte Quellwasser besorgen. Es ist ein Abenteuer, Yumi. Denk an die Geschichte, die du erzählen kannst."

Mit einem tiefen Atemzug akzeptierte Yumi die Herausforderung. Sie suchte online nach Unterkünften auf Yakushima und buchte ein Zimmer – eines, das hoffentlich verständnisvoll genug war, einen Brokkoli als Gast zu akzeptieren.

„Okay, ich habe uns ein Zimmer gebucht. Es sieht so aus, als würden wir ein kleines Abenteuer erleben", antwotete sie mit einem Lächeln, das ihre anfängliche Besorgnis überdeckte.

Der Brokkoli, nun sichtlich aufgeregt bei dem Gedanken an ihr bevorstehendes Abenteuer, nickte. „Das wird eine Reise, die wir beide nicht vergessen werden."

„Okay, also Fliegen fällt flach", murmelte Yumi, während sie die Preise für Flugtickets nach Yakushima ansah. Die Zahlen auf dem Bildschirm waren so hoch, dass sie kurz überlegte, ob sie nicht doch lieber eine Karriere als Bankräuberin in Erwägung ziehen sollte. Aber nein, sie war eine Schülerin mit einem Budget, das eher für die Ramen-Ecke als für spontane Flugreisen ausgelegt war.

„Plan B: Wir nehmen den Zug. Da bekomme ich Rabatt."

Der Brokkoli schien skeptisch.

„Einen Zug?", piepste er. „Wie altmodisch. Fahren wir dann auch mit der Postkutsche zum Wasserfall?"

Yumi rollte mit den Augen. „Hör zu, Mr. Ich-kann-nicht-mal-meine-eigenen-Tickets-buchen, es ist entweder der Zug oder du versuchst, selbst hinzuschwimmen." Sie tippte weiter auf ihrem Laptop herum, bis sie auf ein Angebot stieß, das sogar ihren Geldbeutel nicht zum Weinen brachte: Ein Nachtzug nach Kagoshima, gefolgt von einer Fähre nach Yakushima. „Ha!", triumphierte sie. „Nimm das, teure Flugtickets. Wer braucht schon den Himmel, wenn man das romantische Rattern eines Zuges hat?"

Der Brokkoli gab ein zustimmendes Grunzen von sich, wahrscheinlich das Gemüseäquivalent eines genervten Seufzers.

Mit der Entscheidung fest im Gepäck packte Yumi ihre Tasche mit allem, was sie für ein Abenteuer brauchte – und ein paar Dingen, von denen der Brokkoli meinte, sie seien absolut essentiell, wie zum Beispiel einem Kompass („Weil Handys ja nie versagen, nein, niemals") und einer alten Schulbuch-Landkarte von Yakushima („Für das authentische Abenteuerfeeling").

Am Bahnhof verabschiedete sich Yumi von der modernen Welt, bewaffnet mit einem Rucksack, einem schnarchenden Brokkoli in einer atmungsaktiven Transportbox („Ich brauche auch Luft, weißt du?"), und einem Zugticket, das hoffentlich das Portal zu ihrem Ziel darstellte.

Der Zug war gemütlich, in einem altmodischen Sinne, und Yumi fand schnell ihren Platz. Sie stellte die Transportbox des Brokkolis auf den Sitz neben sich und lehnte sich zurück, bereit für die Fahrt.

„Gute Nacht, Yumi", murmelte der Brokkoli, sein Tonfall irgendwo zwischen Dankbarkeit und dem bevorstehenden Schrecken einer weiteren Nacht voller Schnarchkonzerte.

Yumi lächelte, zog ihre Kopfhörer heraus und bereitete sich darauf vor, eine Playlist aus „entspannenden Zuggeräuschen" zu hören – eine ironische Wahl, bedenkt man, dass sie sich in einem echten Zug befand. Aber alles war besser als das grausame Schnarchen ihres grünen Begleiters.

Während der Zug sich in Bewegung setzte und die Lichter der Stadt allmählich hinter ihnen verschwanden, konnte Yumi nicht anders, als sich ein kleines bisschen wie in einem alten Abenteuerroman zu fühlen. Mit einem Brokkoli als Sidekick und einer Mission, die sie quer durch Japan führte, war diese Reise vielleicht das Seltsamste, was sie je erlebt hatte. Aber auf mindestens genauso seltsame Weise fühlte es sich auch richtig an.

„Auf nach Yakushima", flüsterte sie in die Dunkelheit, während der Zug weiter in die Nacht ratterte, bereit, was auch immer auf sie wartete, zu entdecken.

Inmitten der ruhigen Dunkelheit des Nachtzugs, die nur vom gelegentlichen Quietschen der Schienen unterbrochen wurde, riss ein jämmerliches Stöhnen Yumi aus ihren halbgebackenen Träumen von Schnorcheln im Quellwasser.

Sie blinzelte, verwirrt und noch halb in einer anderen Welt, als das Klagen erneut erklang, diesmal klarer erkennbar als das Gemüseäquivalent eines Hilferufs.

„Yumi... ich kann nicht schlafen", piepste der Brokkoli aus seiner Transportbox, sein Tonfall eine Mischung aus Kummer und Vorwurf.

Yumi seufzte, rieb sich die Augen und blickte zur Box. „Was ist denn los?", murmelte sie, noch immer bemüht, die Realität von den Resten ihres Traums zu trennen.

„Es ist kalt und einsam in dieser blöden Box. Ich will kuscheln", erklärte der Brokkoli mit einer Stimme, die keinen Widerspruch duldete.

Mit einem resignierten Lächeln und dem Gedanken, dass dies definitiv ein Gespräch war, das sie sich nie hatte vorstellen können zu führen, öffnete sie die Box und holte den Brokkoli heraus. Sofort, als hätte er nur darauf gewartet, schmiegte er sich an sie, so gut es ein Brokkoli eben tun konnte.

Da saßen sie nun, und blickten gemeinsam aus dem Fenster in die nächtliche Landschaft, die an ihnen vorbeizog.

Ihr neuer grüner Freund, nun merklich entspannter, begann die vorbeifliegenden Schatten und Formen zu kommentieren.

„Schau nur, wie der Mond sich im Fluss spiegelt. Es sieht aus wie ein Pfad aus Licht, der direkt ins Unbekannte führt", murmelte er, seine Stimme ein leises Summen vor dem Hintergrund des Zuglärms.

Yumi konnte nicht umhin zu lächeln. „Du bist ganz schön poetisch für ein Stück Gemüse, weißt du das?"

„Gemüse, Schmemüse", erwiderte der Brokkoli schnippisch. „Ich bin ein Wesen von großer Tiefe und Komplexität."

„Natürlich bist du das", stimmte Yumi zu, nicht in der Lage, das Grinsen von ihrem Gesicht zu wischen. Sie lehnte sich zurück, den Brokkoli fest im Arm, und ließ ihren Blick über die verschwimmenden Konturen der Bäume und Hügel schweifen, die in der Dunkelheit an ihnen vorbeizogen.

„Weißt du", fuhr der Brokkoli fort, „es gibt etwas Beruhigendes an der Nacht. Sie ist wie ein großer, weicher Mantel, der sich um die Welt legt und alle Sorgen für eine Weile verbirgt."

„Das hast du schön gesagt", antwortete Yumi leise, die Augen noch immer auf die vorbeiziehende Landschaft gerichtet.

„Weißt du was noch viel schöner wäre?", stupste der Brokkoli sie an.

„Hmm, was denn?"

„Wenn du mich auf dem Sitz hier gegenüber von dir platzierst und wir dann ein Spielchen gegen die Langeweile spielen. Aber zieh den Vorhang zu."

„Und was möchtest du spielen?", entgegnete sie, während sie ihn auf dem weichen Sitz Platz nehmen ließ und die Vorhänge der Kabine zuzog.

„Ich weiß da was. Okay, Yumi, Wahrheit oder Pflicht?", fragte er mit einem schelmischen Grinsen.

„Sowas kennt ein Mooskrieger? Äh, Pflicht", wählte sie, ein bisschen zögerlich, aber bereit, sich der Herausforderung zu stellen.

„Großartig!" Der Brokkoli klatschte in seine kleinen Blatthände. „Ich fordere dich auf… dein Höschen auszuziehen und deinen Rock nach oben zu schieben. Ich will die magische Pforte sehen, die mich zum Leben erweckt hat!"

Yumi starrte ihn an, als hätte er vorgeschlagen, sie solle zum Mond springen.

„Waaaas? Du spinnst wohl! Das werde ich sicher nicht machen!"

„Aber Yumi, komm schon!" Der Brokkoli schwang eine überzeugende Geste mit der Hand. „Das ist das Mindeste, was du mir gönnen solltest, nach allem, was ich für dich getan habe!" Seine Stimme schwang zwischen schmollend und übertrieben theatralisch.

„Was hast du denn für mich getan?!", entgegnete sie empört.

„Ich habe dir Gesellschaft geleistet, mir dein Gejammere angehört, ich habe dir meinen Strunk als Mittel zur Selbstbefriedigung zur Verfügung gestellt…"

Yumi schnaubte. „Dein Strunk hat mich gestochen, weißt du?"

„Ein Zeichen tiefer Liebe", erwiderte der Brokkoli mit einem Grinsen. „Außerdem hast du mich benutzt, ohne mich zu fragen ob ich das überhaupt möchte. Also habe ich was gut bei dir."

„Du bist ein Gemüse! Wie hätte ich dich denn fragen sollen und wie hättest du antworten sollen?"

„Tja, eine Lektion fürs Leben, meine Liebe. Einvernehmlichkeit ist immer wichtig, nicht nur dann, wenn sie einem in den Kram passt."

Genervt seufzte Yumi.

„Und du glaubst wirklich, dass wenn ich den Rock hebe und dir meine… du weißt schon zeige, das der Gegenleistung dafür entspricht?"

„Absolut. Naja… Fast. Das und auch deine Brüste. Und dann sollst du so bleiben, bis ich dir sage, dass du dich wieder bedecken darfst."

„Na schön…", gab sie nach.

In ihrem Abteil, umgeben von dem sanften Rattern des Zuges und dem flüchtigen

Schattenwurf vorbeiziehender Bäume, griff Yumi nach dem Vorhang und vergewisserte sich, dass er auch richtig zu war. Das Klicken des Türschlosses hallte fast feierlich im Raum wider.

Sie warf einen prüfenden Blick nach draußen, um sicherzustellen, dass ihr Publikum ausschließlich aus vorbeirauschenden Bäumen und den gelegentlichen Feldern bestand. Keine menschliche Seele weit und breit. „Nun, wenn Bäume Geschichten erzählen könnten...", murmelte sie, bevor sie sich mit einer Bewegung, die halb so graziös wie beabsichtigt war, hinsetzte, um ihre Aufgabe zu erledigen.

„Dann soll es wohl so sein."

Mit einer Mischung aus Resignation und einem Anflug von „Ich-werde-das-jetzt-wirklich-tun", hob sie zaghaft ihren Rock und zog ihr Höschen aus. Draußen zischte der Wind, als wollte er sagen: „Was zum...?"

In dem Moment brach der Brokkoli in schadenfrohes Gelächter aus. „So ist es gut, Yumi! Das gefällt mir," rief er, während er sich die Tränen aus den Augen wischte. Sein Grinsen war so breit, dass es beinahe sein Gesicht spaltete. „Jetzt noch die Brüste!"

Sie zögerte. Und dann, als ob er es nicht lassen konnte, haute er noch einen Kommentar raus: „Tanz, meine Marionette, tanz!"

Augenrollend griff sie nach dem Saum ihrer Bluse und zog sie mitsamt des BHs hoch.

Yumi, mittlerweile rot wie eine Tomate, konnte nicht umhin zu lachen. „Das ist so absurd, ich kann das gar nicht glauben, dass ich sowas mache."

„Aber du machst es großartig!" Der Brokkoli klatschte in die Hände, als wäre er ein Regisseur, der eine besonders gelungene Szene seiner Hauptdarstellerin bejubelte."

„Danke", murmelte sie, ihre Wangen noch ein lebhaftes Rot vor Lachen und Peinlichkeit. „Jetzt bist du aber dran. Wahrheit oder Pflicht?"

Der Brokkoli, immer noch amüsiert von Yumis vorheriger Performance, antwortete selbstbewusst: „Wahrheit. Ich habe nichts zu verbergen."

Yumi lächelte breit, als ihr ein Gedanke durch den Kopf schoss. „Gut, dann erzähl mir... Woher weißt du was ich gemacht habe, konntest du es währenddessen schon spüren und hast einfach nichts gesagt?" Ihre Augen funkelten vor Vorfreude, während sie gespannt auf seine Antwort wartete.

Der Brokkoli, der offensichtlich nicht mit einer so direkten und potenziell demütigenden Frage gerechnet hatte, erstarrte. Sein sonst so schelmisches Grinsen verblasste, und er begann, nervös mit dem Strunk zu wippen.

„Ähm, ich denke, ich möchte darauf nicht antworten," murmelte er, seine Stimme kaum mehr als ein Flüstern.

„Oho, das geht aber nicht! Du hast Wahrheit gewählt, also musst du auch antworten!" Yumi legte ihre Arme verschränkt vor ihrer nackten Brust an und lehnte sich breitbeinig zurück, ein triumphierendes Lächeln auf den (oberen) Lippen.

Der Brokkoli versuchte, sich mit allen möglichen Ausreden aus der Affäre zu ziehen. „Das ist zu persönlich!", protestierte er.

„Zu persönlich? Hallo? Ich sitze hier halbnackt und präsentiere dir meine Intimzonen!" Yumis Empörung war echt, ihre Stirn in Falten gelegt.

„Aber ich kann mich nicht mehr erinnern. Ich habe einen Blackout", log er.

„Jetzt komm schon, sonst ziehe ich mich sofort wieder an, und dann hat dein Gegaffe ein für alle Mal ein Ende."

„Okay okay! Ja, ich bin in dem Moment erwacht, als ich in dich eingedrungen bin. Ich habe es mitbekommen und es hat mir gefallen. Zufrieden?"

Yumi brach in Gelächter aus, diesmal war der Brokkoli derjenige, der rot anlief. „Sehr zufrieden," kicherte sie.

„Wieder Pflicht?", unterbrach sie der Brokkoli.

„Natürlich Pflicht. Ich habe keine Geheimnisse, die lohnenswert zu erzählen wären."

„Umso besser für mich. Jetzt, meine Liebe, wird es Zeit, deine Hände schmutzig zu machen. Mach es dir selbst, ich will dir dabei zusehen", verkündete er grinsend.

Geduldig wartete er, wobei ihm als Brokkoli auch nichts anderes übrigblieb, als sie ihn zwei geschlagene Minuten verständnislos anblickte.

„W-was?!"

„Tu doch nicht so überrascht. Das hättest du dir doch denken können, dass es darauf hinausläuft. Du weißt doch wie es geht, ich war doch schon einmal… mittendrin."

„Ja… schon… aber das wusste ich doch nicht!"

„Tja, Pech. Jetzt mach schon, sonst sitzt du bis Kagoshima so da und erkältest dir deine niedliche Grotte."

Behutsam platzierte sie ihre Hände auf den Brüsten.

„Du musst sie kneten, liebevoll und sorgfältig", erklärte der Brokkoli und machte es mit seinen kleinen Stängelarmen vor.

„Ähm, ja… ist das so gut?", fragte Yumi, die ihre schweren Brüste mit ihren zierlichen Händen anhob und wie zwei große Teigklumpen durchknetete.

„Fast, fast. Jetzt musst du sie nur noch ein

bisschen zärtlicher behandeln. Ja, genau, streichle deine Nippel sanft… Perfekt." Der Brokkoli konnte kaum sein Kichern unterdrücken.

Ihre Brustwarzen verhärteten sich unter den Berührungen und sie genoss es sichtlich, die Kontrolle abzugeben. Der Brokkoli wusste offenbar besser als sie selbst, was ihr Körper brauchte.

„Jetzt lass eine Hand runterwandern. Du glitzerst schon vor Feuchtigkeit. Spiel mit deiner Perle."

Wie gewohnt, machte sie kreisende Bewegungen um ihre empfindlichste Stelle.

„Ist das zu deiner Zufriedenheit?", hauchte sie erregt.

„Ja, sanft aber bestimmt. Gutes Mädchen. Jetzt hast du den Dreh raus. Genießt du es denn auch?"

Beschämt nickte sie.

„Deine Schamlippen sehen traurig aus. Schenk ihnen ein bisschen Zuneigung. Eine sanfte Berührung kann Wunder wirken. Nimm sie zwischen die Finger und drück sie ein wenig für mich. Zieh daran."

Sie umfasste ihre Schamlippen wie ihr geheißen und begann, Druck auszuüben.

„Genau so, Yumilein. Zeig ihnen, wer der Boss ist. Drück sie fester", leitete der Brokkoli sie weiter an.

„Ähm, so?" Yumi drückte so fest sie konnte, während der Saft begann, zwischen ihren Finger hervorzuquellen."

„Ja, perfekt! Du hast wirklich ein Händchen dafür. Ich habe gleich gespürt, dass du darin geübt bist. Aber sei sanft, liebevoll. Du musst sie erst überzeugen, sich dir zu öffnen", fuhr er fort, ein Kichern unterdrückend.

Ihr Nektar benetzte bereits ihre Finger und glitzerte im Mondlicht, das durch die Bäume brach.

„Jetzt schieb deine süßen Fingerchen in dich hinein. Dein Innerstes muss deine Entschlossenheit spüren. Fühlst du, wie sich deine Innenwände deiner Hand anpassen?"

„Ja… ich glaube schon", flüsterte Yumi verlegen, als sie zwei Finger in sich eindringen ließ.

„Gut so. Jetzt stoß sie etwas fester hinein. Du sollst die ganze Liebe spüren, die wir in dieses Spiel hineinstecken."

„Ist gut", antwortete sie heiser, während sie begann sich rhythmisch zu fingern.

„So ist es gut. Du bist schon gut befüllt. Aber hier fehlt noch die Seele des ganzen Unterfangens", begann der Brokkoli, eine feierliche Miene aufsetzend.

Skeptisch hob Yumi eine Augenbraue: „Und das wäre?"

„Mich. Ich werde der krönende Abschluss sein, der dieses Erlebnis unvergesslich macht. Ich will, dass du mich wieder in dich reinschiebst."

„Du willst was?", lachte Yumi ungläubig, „Bist du dir sicher, dass du nicht zu viel Bahnhofsluft eingeatmet hast?"

„Aber natürlich, mein liebes Fräulein. Es ist der einzige Weg, um das hier richtig zu vollenden. Denk nur daran, wie viel Spaß es dir beim ersten Mal gemacht hat."

Verlegen biss sie sich auf die Lippe. Sie konnte es nicht abstreiten, dass es eine wirklich prickelnde Erfahrung war.

„Okay, dann lass es uns tun", nickte sie und griff nach ihm.

Vorsichtig führte sie ihn zwischen ihre Beine, teilte ihre Schamlippen, mit dem Strunk, der ihr plötzlich viel härter als vorher schien.

„Hast du etwa eine Erektion?", fragte sie ihn.

„Wie könnte ich nicht erregt sein", piepste er so erotisch, wie er konnte. „Jetzt fasse mich fest, aber zärtlich. Ich bin bereit für mich Schicksal", verkündete der Brokkoli, eine dramatische Note in seine Stimme legend.

„Letzte Worte, bevor du dich auf diese feuchte Reise begibst?", kicherte Yumi voller Vorfreude.

„Erzählt meinen Blättern, ich liebe sie", erwiderte er mit einem Zwinkern.

Konzentriert schloss Yumi die Augen, als sie den Strunk tief in ihre feuchte Spalte stieß. Ein leises Stöhnen entwich ihr und der Brokkoli tönte mit ein. Er schien es sichtlich zu genießen, wie sie ihn immer wieder tief in sich aufnahm.

Mit aller Kraft beugte der Brokkoli sich nach vorne und neckte ihren Kitzler mit seinen Röschen.

„Lass mich los", befahl er ihr und sie blickte verständnislos zu ihm hinab.

„Was meinst du?", flüsterte sie.

„Ich habe genug Energie und ich will die Kontrolle. Leg deine Arme ab", keuchte er aus ihrer Möse heraus.

„Na schön", gab sie nach und machte es sich gemütlich.

Langsam aber bestimmt drang der Brokkoli von alleine in sie ein.

„Aaahh… d-das ist…", stammelte sie.

„Ja, das ist es", entgegnete der Brokkoli selbstgefällig.

„Du treibst mich noch in den Wahnsinn", wimmerte sie leise, als er begann in ihr auf und ab zu springen.

Seine Stöße wurden immer schneller. Ihre Reaktion darauf war lautlos, doch er spürte, dass sie sich zusammennahm, nicht zu schreien. Immer fester stieß er in sie hinein.

Mit seinen Blattärmchen hielt er sich an ihrem Kitzler fest und drang so tief er konnte in sie ein. Er spürte wie es enger in ihr wurde.

„K-kann es sein, dass du anschwillst?", japste sie verwirrt.

„Ja, wenn ich dich so schnurren sehe, wie ein Kätzchen treibt mich das in den Wahnsinn. Du bringst mich zum Wachsen. Du hast einen grünen Daumen oder eher ein grünes Möschen", stöhnte er und war auch in dieser Situation nicht um einen Witz verlegen.

„Komm, knete deine hübschen Brüste für mich, ich komme gleich", erklärte er.

„D-du kannst kommen?", fragte sie ihn unter Schnappatmung und zwirbelte ihre Nippel.

„Ja, so ist es gut meine Schöne. Und natürlich kann ich kommen, mein Brokkolisaft wird dir allein gehören."

Hart knetete er ihre Lustperle, während er sich, mittlerweile noch mächtiger, tief in sie hineindrückte. Fordernd packte er ihre Schamlippen, wie zwei Zügel und drückte sich immer weiter mit voller Wucht in ihre enge Scheide. Yumi fühlte sich, als würde sie von ihm aufgespießt werden. Während er ihre wippenden Brüste nun beobachten konnte, genoss er ihre Stöhnlaute.

„Ich halte es nicht aus!", raunte Yumi.

Sie packte den Brokkoli kurzerhand am Kopf und übernahm wieder die Kontrolle, stieß ihn regelrecht manisch mit enormer Geschwindigkeit in sich hinein, während ihr heißer Atem stoßweise aus ihrem Mund wich. Wie von Sinnen penetrierte sie sich. Der Brokkoli begann wie wild zu pulsieren und stieß ein hohes Pfeifen aus, als er eine mächtige Ladung tief in sie hineinpumpte.

Die Welt um Yumi schien zu verschwimmen und alles was existierte war sie, der Brokkoli und das überwältigende Gefühl, das sich in ihr aufbaute.

Schließlich, als der Höhepunkt sie überrollte, brach ein leiser Schrei der Ekstase von ihren Lippen. Sie sank nach hinten in ihren Sitz, ihr Körper zitterte vor Freunde und Erschöpfung.

Behutsam zog sie den Brokkoli heraus und legte ihn auf seinem Sitz ab.

„G-geht es dir gut?", stammelte sie verlegen. „Es tut mir so leid, ich habe irgendwie die Kontrolle verloren." Sie klang ernsthaft besorgt.

„Mir geht es bestens", gab der Brokkoli zurück und rollte sich über den Sitz, um sich zu säubern."

„Wir sollten dich gründlich reinigen, sobald wir im Hotel sind", dachte sie laut, während sie sich ihre Kleidung wieder anzog.

„Weißt du, nach diesem Erlebnis glaube ich, dass wir jetzt eine ganz besondere Verbindung haben", begann er, seine Worte sorgfältig wählend, während ein schelmisches Funkeln in seinen Augen tanzte und er einen grünen Tropfen ihren Schenkel hinablaufen sah.

„Eine Verbindung? Ich meine… Ja, es war einzigartig und unsere Gespräche sind ja auch oft tiefgründig."

„Genau, tiefgründig", wiederholte der Brokkoli, kaum sein Kichern unterdrückend. „Aber ich muss schon sagen, du bist eine gute Schülerin und setzt Anweisungen um. Du brauchst nur ein bisschen… Unterstützung. Auf jeden Fall warst du sehr eifrig, meine Wünsche zu erfüllen. So gefällst du mir und dafür werde ich mich auch revanchieren, sobald du mich gepflanzt hast."

„Was passiert denn, wenn ich dich gepflanzt habe?"

„Was genau passiert, weiß ich nicht, aber ich werde größer und mächtiger werden, das spüre ich. Und dann wirst du noch viel mehr Freude mit mir haben, das kann ich dir jetzt schon garantieren.", fantasierte er laut, ein entschlossenes Funkeln in seinen Augen.

„Eigentlich bist du mir groß genug", warf Yumi mit einem Grinsen ein.

„Ja, noch, aber irgendwann bist du diese Größe gewohnt und dann willst du immer mehr, weil deine Menschenmöse immer größer und gieriger wird!"

Yumi brach in schallendes Gelächter aus.

„Du weißt schon, dass das so nicht funktioniert oder? Du hast wohl echt gar keine Ahnung von Menschen und unserer Anatomie. Sieht so aus, als müsstest du mal mein Schüler werden, du grüner Dummkopf!" Ihre Worte waren scharf, doch ihr Lachen machte klar, dass sie es nicht böse meinte. Doch mit jedem Kopfschütteln und spöttischen Blick, den sie ihm zuwarf, setzte der Brokkoli eine Miene der Empörung auf.

Sein Versuch, ernst zu bleiben, scheiterte kläglich, als ein unwillkürliches Schmunzeln seine Lippen umspielte.

„Halt deine Klappe und geh schlafen," erwiderte er, seine Stimme trug einen Hauch von Theatralik, als würde er eine Szene aus einem alten Film nachspielen. „Die Zugfahrt dauert noch ein paar Stunden, und du musst fit sein, um sicherzustellen, dass ich nicht aus Versehen in den falschen Zug umsteige, während du schläfst."

Yumi, die die spielerische Note in seiner Stimme erkannte, kicherte und ließ ihren spöttischen Blick schweifen, um ihn schließlich sanft zu fragen: „Oder möchtest du vielleicht in meinen

Arm zum Schlafen? Ich verspreche, ich werde dich nicht anknabbern."

Der Brokkoli hob eine Augenbraue, sein vorheriges Schmollen wich einem belustigten Grinsen. „In deinen Arm, hm? Ich hoffe, du weißt, dass ich ein sehr anspruchsvoller Schläfer bin. Ich brauche mindestens fünf Kissen und eine Decke, die genau die richtige Temperatur hat oder alternativ eine von deinen großen Möpsen."

„Wow, anspruchsvoll und ein Brokkoli. Wer hätte das gedacht?" gab Yumi zurück, ihr Grinsen war ebenso verspielt und sie rückte ihre Brust wie einen imaginären Polster zurecht. „Komm schon, ich werde eine Ausnahme machen und mein bestes Kissen teilen. Aber nur, weil du es bist."

Der Brokkoli, der jetzt vollends in die Rolle des beleidigten Dramakönigs schlüpfte, seufzte theatralisch. „Nun, wenn du insistierst. Aber ich warne dich, ich bin ein notorischer Decken-Dieb."

Mit einem letzten gemeinsamen Lachen rückten sie zusammen, um sich in den verbleibenden Stunden der Fahrt ein wenig Ruhe zu gönnen.

KAPITEL 5

EIN OFFENES HINTERTÜRCHEN

Als der erste Schimmer der Morgensonne durch die Zugfenster zu scheinen begann, schlummerten Yumi und ihr grüner Kuschelpartner noch friedlich, eingehüllt in die wohlige Wärme ihres gemeinsamen Nickerchens. Doch die Ruhe sollte nicht von Dauer sein. Eine enthusiastische Durchsage riss sie aus den süßen Armen des Schlafes.

„Guten Morgen, liebe Fahrgäste! Wir erreichen in Kürze den Bahnhof Kagoshima-Chūō. Bitte vergessen Sie nicht, all Ihre persönlichen Gegenstände mitzunehmen. Und denken Sie daran, ein Lächeln ist der beste Wegbegleiter für den Tag!"

Yumi blinzelte verwirrt und blickte sich um, als würde sie erwarten, in ihrem eigenen Bett aufzuwachen und festzustellen, dass das alles nur ein sehr bizarrer Traum war. Der Brokkoli in ihrem Arm murrte leise, offensichtlich wenig begeistert davon, so abrupt geweckt worden zu sein.

„Hast du das gehört? Wir sind da", murmelte Yumi und rüttelte den Brokkoli sanft.

„Zeit für Teil zwei unserer epischen Quest.“

Mit einem Seufzen, das deutlich machte, dass er den Teil mit dem „epischen“ vielleicht etwas anders sah, ließ sich der Brokkoli widerwillig in seine Transportbox zurückverfrachten. Yumi packte ihre Sachen zusammen, warf einen letzten Blick auf den nun leeren Sitzplatz, als wollte sie sich vergewissern, dass sie nichts vergessen hatte, und machte sich dann auf den Weg zum Ausgang.

Die Luft in Kagoshima war warm und roch nach Abenteuer – oder zumindest bildete Yumi sich das ein. Mit einer Mischung aus Aufregung und einem Hauch von Nervosität, die in ihrem Magen kribbelte, navigierte sie durch den Bahnhof, immer dem Schild „Fähre nach Yakushima“ folgend.

Der Weg zum Hafen war gesäumt von kleinen Läden und Cafés, die so einladend aussahen, dass Yumi beinahe vergaß, dass sie eine Mission zu erfüllen hatte. „Keine Zeit für Kaffee, Yumi“, ermahnte sie sich selbst, obwohl der Duft von frisch gebrühten Heißgetränken fast verlockend genug war, um ihre Entschlossenheit zu brechen.

Am Hafen angekommen, fand Yumi das Schiff, das sie zur Insel bringen sollte – die „MS Mythos“, ein stattliches Schiff, das aussah, als könnte es selbst den stürmischsten Gewässern trotzen.

„Sieht aus, als würde uns Ryūjin höchstpersönlich zur Insel eskortieren", kommentierte sie, während sie sich in die Schlange der wartenden Passagiere einreihte.

Der Brokkoli, immer noch in seiner Box, gab ein zustimmendes Brummen von sich, das Yumi interpretierte als „Nur keine Panik, ich bin sicher, es wird ein ruhiger Trip."

Die Überfahrt war erstaunlich ruhig, mit nur dem gelegentlichen Kommentar des Brokkolis über die Weite des Ozeans und wie er es vorzog, festen Boden unter den Wurzeln zu haben, anstatt von Wellen hin und her geworfen zu werden. Yumi konnte ein Grinsen nicht unterdrücken, während sie zusah, wie die Küste Kagoshimas am Horizont verschwand und das Abenteuer auf Yakushima immer näher rückte.

„Bereit für den Wasserfall, Mr. Brokkoli?", fragte Yumi, als die Insel in Sicht kam, ein wildes Grün, das aus dem Blau des Ozeans emporstieg.

„So bereit, wie ein Brokkoli eben sein kann", antwortete er, und Yumi wusste, dass das ihr Zeichen war.

Nach der friedlichen Überfahrt, während der Brokkoli mehr über Seefahrt philosophierte, als Yumi je für möglich gehalten hätte, erreichten sie endlich Yakushima. Das kleine, traditionelle Hotel, das Yumi ausgesucht hatte, schien direkt aus einem Reiseführer für „Authentisches Japan" entsprungen zu sein. Mit seinem hölzernen Außenbau und dem sanften Plätschern eines nahen Bächleins bot es die perfekte Kulisse für ihr bevorstehendes Abenteuer.

Beim Betreten der Lobby, die mit Tatami-Matten ausgelegt und spärlich, aber geschmackvoll eingerichtet war, fühlte Yumi sich, als wäre sie in eine andere Zeit gereist. Die Luft roch nach frischem Bambus und einem Hauch von Räucherstäbchen, was sie kurz innehalten und tief durchatmen ließ.

Ihre Ruhe wurde jäh unterbrochen, als eine ältere Dame, die offensichtlich die Inhaberin – oder vielleicht die Hüterin dieses zeitlosen Ortes – war, hinter dem Tresen hervortrat. Die Dame, eine kleine, zierliche Gestalt mit einer Ausstrahlung, die Yumi sofort an die typischen japanischen Hellseherinnen erinnerte, fixierte sie mit einem Blick, der so durchdringend war, dass Yumi sich fragte, ob sie gerade ihre tiefsten Geheimnisse offenbarte.

Die Frau trug kein traditionelles Gewand, sondern etwas, das Yumi an die Beschreibungen von Itako, den blinden Schamaninnen des Nordens, erinnerte, komplett mit – ja, waren das Kerzen auf ihrem Kopf? Nein, bei genauerem Hinsehen stellte sich heraus, dass es sich um kunstvoll drapierte Dekorationen handelte, die an die Kerzen erinnern sollten, die Itako bei ihren Seancen trugen. Ein Anblick, der so unerwartet war, dass Yumi kurz glaubte, das Ganze sei Teil eines sehr authentischen Empfangsrituals.

„An dir haftet etwas... Ungewöhnliches", krächzte die Frau mit einer Stimme, die so alt klang wie die Hügel selbst, während ihr Blick zwischen Yumi und der Transportbox des Brokkolis hin- und herwanderte.

Yumi, die nicht sicher war, wie sie darauf reagieren sollte, entschied sich für ein nervöses Lächeln. „Äh, ja, das könnte an meinem... ähm... Reisebegleiter liegen", flüsterte sie, deutete auf die Box und hoffte, dass die Dame nicht allzu viele Fragen stellen würde.

Die Inhaberin beäugte die Box einen Moment lang, dann nickte sie langsam, als würde sie eine innere Entscheidung treffen. „Ich sehe... Nun, wer auch immer oder was auch immer dein Begleiter sein mag, in diesem Haus sind alle willkommen, solange sie Frieden suchen."

Mit diesen Worten übergab sie Yumi einen alten, aber sorgfältig gepflegten Schlüssel. „Dein Zimmer ist im oberen Stock, mit Blick auf den Garten. Möge dein Aufenthalt hier erhellend sein."

Als Yumi und ihr grüner Gefährte sich auf den Weg zu ihrem Zimmer machten, konnte sie ein Schmunzeln nicht unterdrücken. „Nun, das war... interessant."

„Ich sag's dir, Yumi, diese Insel wird uns noch einige Überraschungen bereiten", piepste der Brokkoli aus seiner Box.

Nachdem sie ihr neues Zimmer bezogen hatten – ein gemütlicher, traditionell eingerichteter Raum, der eine Atmosphäre der Ruhe ausstrahlte –, machte sie es sich schnell gemütlich. Sie packte ihre wenigen Habseligkeiten aus, darunter natürlich die essentiellen Überlebensutensilien für jeden Abenteurer: eine Taschenlampe, extra Batterien (man weiß ja nie), und ein Taschenmesser – weil eine echte Heldin niemals unbewaffnet ins Feld zieht.

Bevor sie sich jedoch zu einer wohlverdienten Pause niederlassen konnte, spürte Yumi, dass eine wichtige Aufgabe noch vor ihr lag. Sie musste mehr über den geheimnisvollen Wasserfall erfahren, der der Grund ihrer Reise war. Und wer könnte ihr bessere Auskünfte geben als die mysteriöse alte Dame von der Rezeption?

„Ich bin gleich zurück", murmelte Yumi zu dem Brokkoli, der sichtlich enttäuscht war, nicht an der Erkundungstour teilnehmen zu dürfen. „Brauche nur ein paar Infos."

Unten angekommen, fand Yumi die alte Dame genau dort, wo sie sie verlassen hatte, als wäre sie eine Art zeitloser Wächter dieses Ortes. Mit einem tiefen Atemzug trat Yumi vor und fragte mit all dem Mut, den sie aufbringen konnte: „Entschuldigen Sie, könnten Sie mir vielleicht mehr über den versteckten Wasserfall erzählen? Wie ich dorthin komme, was ich mitnehmen sollte und... naja, wer oder was Sie eigentlich sind?"

Die alte Dame hob überrascht eine Augenbraue, ein Lächeln umspielte ihre Lippen, als wäre sie amüsiert über Yumis direkte Art. „Mich fragst du, wer ich bin? Nun, einige nennen mich eine Seherin. Aber für dich bin ich einfach die Besitzerin dieses kleinen Refugiums oder eine wohlgesonnene Freundin, die dich bei deinem Unterfangen unterstützen möchte."

Yumi nickte, noch immer nicht ganz sicher, was sie von dieser Antwort halten sollte, aber entschlossen, weiterzumachen. „Und der Wasserfall?"

„Ah, der Wasserfall...", begann die Frau, während sie eine alte, aber detaillierte Karte der Insel hervorholte. „Er ist nicht einfach zu finden, und die Reise dorthin ist nichts für Unvorbereitete. Du musst durch den alten Wald wandern, vorbei an den Wächterbäumen und durch das Tal der flüsternden Winde."

Während sie sprach, zeichnete sie mit einem alten Holzstift eine Route auf die Karte. „Es ist eine Wanderung von etwa vier Stunden, eine Strecke. Du solltest früh aufbrechen und genug Wasser, etwas zu essen und vielleicht ein gutes Paar Wanderschuhe mitnehmen."

Yumi, die aufmerksam zuhörte, nickte eifrig. „Wasser, Snacks, Schuhe. Got it! Und... gibt es irgendwelche... Besonderheiten oder Dinge, auf die ich achten sollte?"

Die alte Dame lehnte sich zurück und fixierte Yumi mit einem Blick, der tiefer zu gehen schien als der Ozean. „Achte auf die Stimmen des Waldes. Sie werden dir den Weg weisen, wenn du bereit bist, ihnen zuzuhören. Und Yumi... sei respektvoll. Du betrittst altes Land, voller Geheimnisse und Magie."

Mit einem neuen Gefühl der Ehrfurcht und einer Prise Aufregung dankte Yumi der alten Dame und nahm die Karte entgegen. „Danke, ich werde vorsichtig sein."

Als sie zurück in ihr Zimmer ging, war Yumi voller Vorfreude auf den nächsten Tag. Sie konnte es kaum erwarten, dem Ruf des Abenteuers zu folgen, unterstützt von den Ratschlägen einer echten Seherin – oder zumindest einer sehr überzeugenden Hotelbesitzerin.

„Na, Brokkoli, hast du mich vermisst?", rief sie, als sie die Tür hinter sich schloss, bereit für alles was auf sie zukommen möge.

Mit dem Herzen voller Vorfreude auf die bevorstehende Wanderung und dem Kopf brummend von all den Informationen und Ratschlägen, die die alte Dame ihr mit auf den Weg gegeben hatte, machte sich Yumi bereit für die Nacht. Sie warf einen Blick auf den Brokkoli, der in seiner Box eine Mischung aus Ungeduld und Neugier ausstrahlte. „Komm her", sagte sie und hob ihn vorsichtig heraus. „Heute Nacht gibt es auch keine Box. Du schläfst bei mir."

Als sie den Brokkoli nah an sich drückte, spürte sie, wie sein grünes Haupt sanft gegen ihre Brust lehnte. „Oh, ich sehe, wir kommen uns wieder näher", piepste der Brokkoli, seine Stimme trug einen Hauch von Schalk in sich.

Yumi konnte nicht anders, als zu lachen. „Behalt deine zweideutigen Kommentare für dich, Mr. Grün. Wir haben morgen einen langen Tag vor uns."

„Ja, aber für ein bisschen Spaß ist doch noch Zeit oder? Das wär doch das Mindeste, nachdem du mich mit einer so langen Zugfahrt gequält hast!", maulte er.

„Ist das dein Ernst? Hast du denn noch immer nicht genug?"

„Nein!!", brüllte er, „steck mich wieder rein! Ich will rein!"

Sein Versuch, sich sanft aus ihrem Klammergriff zu lösen, scheiterte kläglich. Je mehr er zappelte, desto fester schien sie ihn zu halten.

„Los lassen!", schrie er schließlich, seine Stimme durchdrang die Stille des Zimmers wie ein Pfeil. Inspiriert durch einen Anflug von Irrsinn wanderte er, so gut er eben konnte, hinunter zu Yumis Höschen und begann daran zu ziehen, wild und mit aller Kraft, die ihm zur Verfügung stand.

„Mach auf! Mach auf, verdammt noch mal!"

„Ist ja gut, du kleiner grüner Psychopath!", gab sie hektisch nach, aus Furcht, er würde noch lauter brüllen und Leute auf sie aufmerksam machen.

Schnell streifte sie ihr Höschen ab, machte die Beine Breit, bereit, dem Brokkoli Einlass zu gewähren, doch dieser Stand nur da und studierte den sich bietenden Anblick.

„Weißt du, Yumi, ich habe gehört, es gibt Orte, an denen man sich besonders… geborgen fühlt. Fast wie in einer kuscheligen Umarmung", begann er, ein schelmisches Grinsen auf dem Gesicht.

„Nun, das wissen wir doch schon alles, da warst du ja auch letzte Nacht schon drin und jetzt möchtest du wieder rein. Nur zu, ich habe nichts dagegen. Das ist es doch was du willst oder?"

„Nun, nicht ganz. Ich dachte eher an etwas… Kompakteres. Einen Ort, wo es eng, aber sicher ist. Wo man sich verstecken kann, von den Blicken der Neugierigen", fuhr der Brokkoli fort, seine Augen funkelten vor Amüsement.

„Willst du in meinen Mund oder was soll die Anspielung? Ich habe nicht vor an dir herumzuknabbern."

„Äh nein, nicht genau. Denk kleiner… Ich dachte da eher an etwas… Umhüllendes. Etwas, das mich komplett einwickelt, fast wie eine zweite Haut."

Verständnislos blickte Yumi ihn an.

„Ich dachte an etwas elastisches. Etwas, das sich ausdehnen lässt."

Noch immer starrte sie ihn an, als hätte er einen Schlaganfall.

„Ich will in deinen Anus, Yumi! Warum verstehst du auch nichts was man dir sagt! Muss ich so direkt werden?! Ich will in dein anderes Loch!"

„Waaaaas?!", Yumis stimme wurde schriller, ihre Wangen färbten sich rot vor Entrüstung. „Glaubst du etwa, dass ich so etwas mache? I-ich hatte noch nie etwas da drin!"

„Nun, wenn das so ist, dann wird es wohl höchste Zeit, dass da ordentlich was reingesteckt wird! Es ist doch immer sinnvoll, den Raum den man hat, zu nutzen und wir sind doch nicht unvernünftig oder?"

Genervt rollte Yumi mit den Augen.

„Tu, was du nicht lassen kannst, aber wenn du mir wehtust, dann unterbreche ich dich sofort!"

„Das klingt nach einem Plan. Und jetzt spuck mich an."

„Du bist ganz schön unanständig, hat dir das schon mal jemand gesagt?"

„Du sollst mich nicht zu meinem Vergnügen anspucken, du freches Gör. Du sollst mich befeuchten, schließlich soll es ja nicht weh tun!"

Beschämt nahm sie ihn hoch und machte ihn mit ihrer Spucke nass, ehe sie ihn wieder vor sich absetzte.

„Und jetzt?"

„Jetzt lehn dich zurück und zeige mir deine Schokopforte."

„Du bist ekelhaft! Sprich nicht so!"

Der Brokkoli brach in schallendes Gelächter aus und gab ihr einen Klaps mit seinem Blatthändchen.

„Wer weiß, vielleicht finde ich ja verborgene Schätze, wenn ich tief genug grabe."

„Du bist der blödeste Brokkoli, den ich je kennengelernt habe", murmelte sie und lehnte sich breitbeinig zurück.

Sie beschloss, egal, was er machen würde, sie würde sich einfach alles gefallen lassen, solange es nicht schmerzhaft war. Auf eine sinnlose Diskussion mit ihm hatte sie keine Lust. Sie stöhnte leise von sich hin, als sie merkte, dass es ganz angenehm war, als sich das glitschige Blattärmchen des Brokkolis in ihren Anus bohrte. Dieser nahm den zweiten Arm dazu und machte ein zufriedenes Gesicht, als Yumi ihr Gejammer kaum zurückhalten konnte. Rhythmisch begann er, seine Arme zu bewegen. Nach einer Weile zog er sie wieder heraus und Yumi merkte, dass er sich begann zu positionieren.

Neugierig, was als nächstes passieren würde, verharrte sie. Auf einmal spürte sie, wie sich der Brokkoli Strunk begann gegen ihre Rosette zu stemmen. Sie griff nach dem Bettlaken neben sich und krallte sich daran fest, als sie spürte, wie der Brokkoli zunehmend dagegendrückte, sich ihr After langsam ausdehnte und ihn in sich aufnahm.

Er fühlte sich viel größer und dicker an, als in ihrer Möse. Es war ein derart lebendiges Gefühl, dass sie gezwungen war, in ihr Kissen zu beißen. Sie spürte, wie er langsam komplett in sie eindrang und schrie in den weichen Polster hinein. Tiefer und tiefer drang er in sie vor.

Es schmerzte, doch es war ein bittersüßer, erregender Schmerz, der an Intensität nicht zu überbieten war.

Sie stöhnte.

„Du bist so eng…"

Der Brokkoli begann sich in ihr auf und ab zu bewegen. Es war kaum auszuhalten.

Mit der Zeit wurde er immer schneller, er rotierte schon beinahe, als Yumi sich nicht mehr zurückhalten konnte und ihre Hand zwischen die Schenkel gleiten ließ. Zu sehen, wie sie ihre Lustperle massierte, stachelte den Brokkoli noch mehr an und er penetrierte sie leidenschaftlich. Das war zu viel für Yumi. Sie fing an, unkontrollierte Laute auszustoßen.

Ein Kribbeln überkam sie, eine unglaubliche, erregende Hitze, und es fühlte sich sich an, als würde sie gleich explodieren.

Eine Welle der Ekstase überkam sie und nahm jeglichen Druck von ihr. Sie stieß einen letzten lustvollen Schrei aus und spürte, dass auch der Brokkoli ein paar letzte Male vor unbändiger Erregung zuckte, ehe sich sein grüner Saft tief in ihrem Arsch ausbreitete.

„Siehst du, man sollte sich immer ein Hintertürchen offenhalten", kicherte er, während er sich aus ihr zurückzog.

„Du bist ein richtiger Schmutzfink, in jeglicher Hinsicht", gab Yumi zurück, „Es wird Zeit, dass du gebadet wirst. Wir können nicht zulassen, dass du so unrein bleibst."

„Oh wirklich? Ein Bad? Das klingt… erfrischend."

Entschlossen, ihn blitzeblank zu schrubben, führte Yumi den Brokkoli ins Badezimmer, wo sie das Waschbecken mit warmem Wasser füllte und ein paar Tropfen einer milden Seife hinzugab, bis das Wasser leicht schäumte. Es ähnelte einer Miniaturbadewanne – perfekt für seine Größe.

„Da, siehst du? Dein eigenes kleines Spa. Jetzt werden wir dich von all deinen Unreinheiten befreien," verkündete Yumi, während sie den Brokkoli behutsam ins Wasser tauchte.

„Oh, das ist aber eine tiefe Tauchfahrt. Pass nur auf, dass du wirklich jede Stelle erwischst," gluckste er mit einem Augenzwinkern.

„Halt die Klappe, du grüner Schwerenöter. Ich bin hier die Badeaufsicht und das wird eine gründliche Reinigung."

„Gründliche Reinigung, hm? Stelle sicher, dass du jeden Winkel erreichst. Ich bin schließlich ein sehr… detailliertes Gemüse," fuhr der Brokkoli fort, offensichtlich amüsiert über die Situation.

Mit einem zufriedenen Seufzen ließ sich der Brokkoli widerwillig reinigen, seine anfängliche Skepsis gegenüber dem Bad weichend unter Yumis sorgfältiger Pflege.

„Na gut, das ist ja ganz angenehm, aber ich erwarte eine vollständige Trocknung. Ich will nicht als nasser Brokkoli enden."

„Keine Sorge, ich habe dich im Griff," versicherte Yumi, während sie ihn sanft trocken tupfte. Sie ließ sich Zeit, da es irgendetwas in ihm auszulösen schien. Genüsslich stöhnte er vor sich hin.

„Da, sauber und frisch. Fühlst du dich nicht wie neu geboren?"

„Absolut," erwiderte der Brokkoli, ein Lächeln auf den Lippen. „Aber ich hoffe, das nächste Mal können wir das Bad überspringen und direkt zum Teil mit dem Handtuch gehen."

Yumi schüttelte lachend den Kopf.

„Träum weiter."

KAPITEL 6

DIE JAGD NACH DEM QUELLWASSER

Am nächsten Morgen wachte Yumi auf, erfüllt von einem Gefühl der Erwartung, das sie seit langem nicht mehr gespürt hatte. Sie streckte sich, warf einen Blick auf den Brokkoli, der immer noch friedlich an ihrer Seite schlummerte, und lächelte. „Aufstehen, wir haben einen Wasserfall zu finden."

Nach einem schnellen, aber effizienten Packen ihres Rucksacks mit den nötigsten Dingen für ihre Wanderung – Wasserflasche, die Karte der alten Dame, Snacks, und natürlich den Brokkoli, machte sich Yumi auf den Weg nach unten, in der Hoffnung, noch etwas Proviant ergattern zu können. Die alte Dame stand bereits an der Rezeption und schien auf sie gewartet zu haben.

„Guten Morgen", grüßte Yumi. „Ich wollte fragen, ob ich vielleicht ein bisschen Proviant kaufen könnte?"

Die Frau lächelte sanft.

„Mein Kind, das Frühstücksbuffet ist inklusive. Bediene dich einfach, und nimm mit, was du für deine Reise brauchst."

Yumi konnte ihr Glück kaum fassen. Ein Frühstücksbuffet? Das war mehr, als sie erwartet hatte. Mit einem dankbaren Nicken eilte sie zu dem kleinen Tisch und füllte ihren Rucksack mit allem, was sie für die Wanderung brauchte – und vielleicht ein bisschen mehr. Sandwiches, Obst, ein paar süße Leckereien für die Energie und natürlich eine große Flasche Wasser.

Mit einem Rucksack, der nun deutlich schwerer war, aber gefüllt mit Leckereien für unterwegs, verabschiedete sich Yumi von der alten Dame. „Danke für alles. Wir werden aufpassen, versprochen."

„Möge der Pfad euch leiten und die Geister des Waldes über euch wachen", erwiderte die Dame mit einem geheimnisvollen Lächeln.

Yumi, nun bereit für alles, was der Tag bringen mochte, trat aus dem Hotel und atmete tief die frische Morgenluft ein.

Mit jedem Schritt, den Yumi auf dem Pfad durch den alten, mystischen Wald Yakushimas setzte, fühlte sie, wie die Aufregung in ihr wuchs. Der Wald war ein Kaleidoskop aus Grün, durchbrochen von Sonnenstrahlen, die wie feine Goldfäden durch das dichte Blätterdach fielen. Überall um sie herum war das sanfte Geräusch des Windes, der durch die Bäume strich, und das ferne Rauschen eines Wasserfalls – oder vielleicht war es nur das Flüstern der Waldgeister, von denen die alte Dame gesprochen hatte.

„Weißt du", begann Yumi, während sie behutsam einen niedrig hängenden Zweig beiseiteschob, „ich hätte nie gedacht, dass ich mal mit einem Brokkoli im Rucksack durch einen Zauberwald wandere."

Aus dem Rucksack kam ein leises Kichern. „Und ich hätte nie gedacht, dass ich mal von einer Schülerin durch einen Zauberwald getragen werde", erwiderte der Brokkoli. „Wir brechen hier alle Rekorde, was?"

„Definitiv."

Die Wanderung erwies sich als ebenso herausfordernd wie lohnend. Steile Anstiege wechselten sich ab mit engen Pfaden, die durch dichtes Unterholz führten. Doch die Schönheit der Umgebung – von moosbedeckten Felsen bis hin zu kleinen Bächen, die plätschernd ihren Weg durch den Wald suchten – machte jede Anstrengung wett.

Nach einigen Stunden, als die Sonne ihren Zenit längst überschritten hatte und Yumi begann, das Gewicht ihres Rucksacks wirklich zu spüren, erreichten sie eine kleine Lichtung. Hier, umgeben von uralten Bäumen, deren Wurzeln tief in die Erde griffen, machte Yumi eine Pause. Sie setzte sich auf einen umgestürzten Baumstamm, holte ein Sandwich und die Wasserflasche aus ihrem Rucksack und bot dem Brokkoli ein Stück Apfel an.

„Ich wusste gar nicht, dass Brokkoli Äpfel mögen", scherzte sie, während sie ihm vorsichtig näher kam.

„Es gibt vieles, was du über Brokkoli nicht weißt", antwortete er trocken, ließ sich aber den Apfel schmecken.

Gerade als sie wieder aufbrechen wollten, bemerkte Yumi, wie die Luft um sie herum kühler wurde und ein leises Murmeln die Stille des Waldes durchbrach. Sie folgten dem Klang, bis sie plötzlich vor ihm standen: dem versteckten Wasserfall. Das Wasser fiel in kaskadierenden Strömen von einem überhängenden Felsvorsprung herab, sammelte sich in einem klaren, tiefen Becken am Boden, bevor es als Bach weiter durch den Wald zog.

„Wir haben es gefunden", flüsterte Yumi ehrfürchtig, während sie den Anblick in sich aufnahm.

Der Brokkoli, für einen Moment sprachlos, piepste schließlich: „Das ist... wunderschön. Mehr, als ich mir je hätte vorstellen können."

Yumi holte die Flasche hervor, die sie mitgebracht hatte, um das Quellwasser zu sammeln. Als sie das Wasser aus dem Becken schöpfte, spürte sie, wie eine sanfte Energie durch ihre Finger strömte – als ob der Wald selbst sie in diesem Moment willkommen hieße.

Mit der gefüllten Flasche und einem Gefühl der Zufriedenheit machten sich Yumi und der Brokkoli auf den Rückweg.

„Weißt du, mein kleiner grüner Freund. Das hat richtig Spaß gemacht! Und es hat mir gezeigt, dass Freundschaft in den ungewöhnlichsten Formen entstehen kann."

KAPITEL 7

Nach ihrer epischen Rückkehr von Yakushima, der Körper noch müde von der Reise, aber das Herz erfüllt mit Stolz über das gemeinsam Erlebte, war Yumi bereit für das nächste große Abenteuer: den Brokkoli einpflanzen. Ausgestattet mit dem gesammelten Quellwasser, vulkanischer Erde, dem Kirschblütendünger, und natürlich den „Tränen einer lachenden Möwe" (oder zumindest dem, was als solche durchgehen sollte), machte sie sich an die Arbeit.

„Okay, Mr. Grün, gib mir die Anweisungen. Ich bin bereit", verkündete Yumi mit einer feierlichen Geste, als stünde sie kurz davor, ein magisches Ritual zu vollziehen.

Der Brokkoli, nun wieder in seiner vollen Pracht und bereit, seine Wurzeln in die neue Heimat zu strecken, begann mit der Anleitung: „Zuerst die Erde. Aber nicht einfach reinschmeißen – denk dran, das ist vulkanische Erde. Sie braucht eine sanfte Behandlung, fast so, als würdest du ein sehr anspruchsvolles Haustier betten."

Yumi konnte nicht anders, als zu grinsen,

während sie die Erde vorsichtig in den Topf füllte, jedem Wort des Brokkolis folgend. „Also gut, das anspruchsvolle Haustier ist gebettet. Was kommt als Nächstes?"

„Jetzt der Dünger. Aber nur eine Prise. Wir wollen ja nicht, dass ich über Nacht zu einem Brokkoli-Riesen werde und die Stadt terrorisiere", scherzte er.

„Oh, die armen Einwohner von Fukuoka, bedroht von Godzilla-Brokkoli", erwiderte Yumi lachend, während sie eine sorgfältig abgemessene Menge des Düngers über die Erde streute.

„Und nun das Wasser. Aber denk dran, es ist magisches Quellwasser, nicht irgendein Leitungswasser. Behandle es mit dem Respekt, den es verdient", instruierte der Brokkoli weiter.

Yumi nickte ernst, obwohl ihr ein Kichern entwischte, als sie das Wasser langsam und mit einer fast zeremoniellen Sorgfalt in den Topf goss. „Und zum Schluss?"

„Die Möwentranen", erklärte der Brokkoli. „Aber da wir beide wissen, dass das Blödsinn ist, lass uns einfach sagen, es ist das i-Tüpfelchen. Ein Symbol für die Länge, die du gegangen bist, um mir zu helfen."

„So, du bist offiziell eingepflanzt. Fühlst du dich schon verwurzelt?"

Der Brokkoli schien für einen Moment nachzudenken, dann piepste er: „Ja, ich fühle mich... erdiger. Ist das normal?"

Yumi lachte. „Absolut normal."

Während sie sich zurücklehnte, um ihr Werk zu bewundern, fühlte sie eine tiefe Zufriedenheit. Sie hatte nicht nur einen neuen Freund gewonnen, sondern auch ein unvergessliches Abenteuer erlebt – und wer konnte schon von sich behaupten, einen sprechenden Brokkoli mit magischem Wasser aus einem versteckten Wasserfall auf Yakushima gegossen zu haben?

Nachdem der Brokkoli endlich sein neues Zuhause bezogen hatte und Yumi sicherstellen konnte, dass er bestens versorgt war, wandte sie sich einer anderen drängenden Angelegenheit zu: ihren Hausaufgaben. Die Tage des Abenteuers hatten zwar für unvergessliche Erinnerungen gesorgt, aber leider auch dafür, dass Yumi in der Schule einiges nachzuholen hatte.

Mit einem Stapel Bücher und Notizen vor sich auf dem Schreibtisch begann sie, sich durch die Matheaufgaben und Geschichtsdaten zu kämpfen. Die Stille des Zimmers wurde nur durch das gelegentliche Rascheln von Papier und das Flüstern des Windes durch das geöffnete Fenster unterbrochen.

„Und, wie geht es dir jetzt so als frischgepflanzter Brokkoli?", fragte Yumi, ohne ihren Blick von den Aufgaben zu nehmen. Sie war neugierig, ob die magische Erde und das Quellwasser irgendwelche spürbaren Effekte auf ihren Freund hatten.

„Nun", begann der Brokkoli mit einer Stimme, die vor Selbstüberzeugung nur so strotzte, „ich fühle mich... unglaublich erdverbunden. Es ist, als hätte ich meine Wurzeln neu entdeckt. Ganz buchstäblich."

Yumi hob kurz den Blick und betrachtete den Brokkoli, der mit einem beinahe triumphierenden Ausdruck in seinen Augen im Topf stand. Sie musste sich auf die Lippe beißen, um nicht laut loszulachen.

„Aha, und gibt es sonst noch irgendwelche Veränderungen?", hakte sie nach, während sie versuchte, ihre Miene ernst zu halten.

„Oh, ja", fuhr der Brokkoli fort, „ich habe das Gefühl, meine grüne Farbe ist noch grüner geworden. Fast so, als würde ich leuchten. Und meine Blätter, sie sind so... blättrig. Ich bin überzeugt, dass ich jeden Moment anfangen könnte, Photosynthese zu betreiben. Noch effizienter als zuvor."

„Das klingt... absolut beeindruckend", antwortete sie, während sie sich bemühte, ihre Stimme zu stabilisieren. „Du wirst bestimmt der stärkste, grünste Brokkoli sein, den die Welt je gesehen hat.“

„Oh, ganz bestimmt“, erwiderte der Brokkoli, sichtlich zufrieden mit sich selbst.

Während Yumi zu ihren Hausaufgaben zurückkehrte, konnte sie ein Grinsen nicht unterdrücken.

„Aber eines stört mich“, offenbarte er.

„Und was? Brauchst du mehr Wasser?“

„Nein, heute Nacht werde ich dich nicht mit meinem strammen Strunk beglücken können, das macht mich traurig.“

„Das ist schon in Ordnung“, entgegnete Yumi, „es hat Spaß gemacht, aber jetzt müssen wir erst mal abwarten, was mit dir passiert.

„Ja schon, aber soll ich jetzt die ganze Zeit hier nur blöd im Topf vor mich hinvegetieren und mir bleibt jeglicher Spaß verwehrt? Du könntest mindestens ein bisschen an dir rumspielen und mich dabei zusehen lassen!“

„Ich bin am Lernen, siehst du das nicht? Du solltest lieber deine grüne Klappe halten, sonst landet dein Topf wieder im Kühlschrank!“

Genervt schnaubte der Brokkoli.

„Du kannst lernen und an dir rumspielen. Du liest doch nur! Oder leg dich zumindest mit dem Buch auf das Bett und mach deine hübschen

Beine auseinander, damit ich was zu sehen habe. Du kannst dich ja auf den Bauch legen, dann musst du mich nicht mal sehen und kannst in Ruhe deine dämlichen Bücher lesen, die dich sowieso nicht schlauer machen!"

„Bist du dann still!!?", keifte Yumi ihn an.

„Versprochen! So still wie ein lebloser gewöhnlicher Brokkoli in einem Kühlschrank!"

KAPITEL 8

DIE VERWANDLUNG

In der ruhigen Stille der Nacht, als Yumi endlich von den Strapazen des Tages und dem Kampf mit ihren Hausaufgaben in einen tiefen, wohlverdienten Schlaf gesunken war, geschah es. Die Magie, die sie aus Yakushima mitgebracht hatte, die geheimnisvolle Energie des Quellwassers und der Erde, begann zu wirken. Es war ein sanftes Leuchten zuerst, das den Raum erfüllte, gefolgt von einer plötzlichen Welle an Energie, die die Luft zum Knistern brachte.

Yumi wurde von einem seltsamen Geräusch geweckt, einem Grollen, das sich irgendwie sowohl mächtig als auch vertraut anfühlte. Sie blinzelte, versuchte die Schleier des Schlafs abzuschütteln, und richtete sich im Bett auf. Ihr Blick fiel auf die Stelle, an der der Topf mit dem Brokkoli hätte stehen sollen – doch statt des Topfes oder des Brokkolis fand sie sich Auge in Auge mit einer Gestalt, die direkt aus ihren kühnsten Träumen (oder Albträumen) hätte entspringen können.

Vor ihr stand ein Mann – wenn man ihn denn so nennen konnte. Er war groß, unfassbar schön, mit tiefgrünen Augen, die das Zimmer zu erleuchten schienen, und langen, schwarzen Haaren, die in weichen Wellen bis tief auf seinen Rücken fielen. Zwei zierliche Hörner ragten aus seinem Haar hervor, was ihm einen unverkennbar dämonischen Touch verlieh.

„Wer... wer bist du?“, stammelte Yumi, ihre Stimme ein leises Flüstern vor lauter Schock.

Der Dämon, denn nichts anderes konnte er sein, lächelte – ein Lächeln, das sowohl charmant als auch ein klein wenig arrogant wirkte. „Ich bin es, dein Brokkoli“, sprach er mit einer Stimme, die tiefer und melodischer klang, als Yumi es je für möglich gehalten hätte.

Yumi starrte ihn an, unfähig zu glauben, was ihre Augen sahen. „Der Brokkoli?“, wiederholte sie ungläubig.

„In der Tat“, erwiderte der Dämon, seine grünen Augen funkelten amüsiert. „Es scheint, die Magie hat endlich gewirkt. Ich bin zu meiner wahren Form zurückgekehrt.“

„Deine wahre Form...“, murmelte Yumi, während sie versuchte, die Situation zu verarbeiten. „Du bist ein Dämon. Ein unglaublich gut aussehender Dämon.“ Der Dämon neigte den Kopf, ein schelmisches Grinsen umspielte seine Lippen.

„Ich bin geschmeichelt, obwohl ich zugeben muss, dass mein Aussehen in meiner Welt eher durchschnittlich ist."

Yumi konnte ein Lachen nicht unterdrücken, trotz der Absurdität der Situation. „Durchschnittlich, hm? Na, wenn das Durchschnitt ist, würde ich gerne wissen, was als überdurchschnittlich gilt."

„Glaub mir, du würdest es nicht überleben", erwiderte der Dämon mit einem Zwinkern.

„Also, sehen alle Kokemusha, die Mooskrieger, so aus wie du?", fragte Yumi, während sie noch immer versuchte, sich an den Anblick des gutaussehenden Dämons – ehemals ihr Brokkoli – zu gewöhnen.

Bei ihrer Frage brach der Dämon in ein lautes, herzhaftes Gelächter aus, das Yumi für einen Moment verunsicherte. „Kokemusha? Mooskrieger?", wiederholte er, als er sich vor Lachen kaum halten konnte. „Meine liebe Yumi, wo hast du denn diese abstrusen Ideen her? So etwas wie Kokemusha gibt es gar nicht!"

Yumi spürte, wie ihre Wangen vor Verlegenheit heiß wurden. „Aber du hast doch gesagt...", begann sie, doch der Dämon unterbrach sie mit einem freundlichen, aber bestimmten Tätscheln auf den Kopf.

„Ach, du dummes Mädchen", sagte er liebevoll spöttisch. „Ich habe dich auf den Arm genommen. Es war ein Scherz, um zu sehen, wie weit ich gehen kann."

In diesem Moment wurde Yumi bewusst, dass der Dämon – ihr Brokkoli – tatsächlich nichts trug. „Ähm, könntest du vielleicht... nicht mit deinem... Brokkoli... vor meinem Gesicht rumwedeln?", stammelte sie, während sie hastig nach etwas suchte, das als Notbehelf dienen könnte. Sie griff nach einem Bettlaken und reichte es ihm. „Hier, bedeck damit deine Scham."

Der Dämon sah das Bettlaken an, dann Yumi, und ein weiteres Mal brach er in Gelächter aus. „Meine Scham? Wirklich, Yumi, du bist entzückend." Mit einem eleganten Schnippen seiner Finger war er plötzlich in ein feudales schwarzes Seidengewand gekleidet, das so stilvoll und prächtig aussah, dass Yumi für einen Moment sprachlos war.

„Zufrieden?", fragte er, eine Augenbraue hochgezogen, ein amüsiertes Funkeln in seinen tiefgrünen Augen.

Yumi nickte, immer noch leicht schockiert von der plötzlichen Verwandlung. „Ja, danke. Das ist... sehr praktisch. Und sehr beeindruckend."

Der Dämon verneigte sich leicht, ein schelmisches Grinsen auf den Lippen. „Ich diene zu gefallen. Nun, da ich angemessen gekleidet bin, wie wäre es, wenn wir unser nächtliches Abenteuer fortsetzen? Es gibt noch so viel, was ich dir zeigen möchte, Yumi. Die Nacht ist jung, und die Magie ist überall."

Nach einem Moment, der zwischen ihnen wie eine Ewigkeit und doch wie ein einziger Herzschlag zu schweben schien, lehnte der Dämon sich zu Yumi hinüber. „Ich habe schon so lange darauf gewartet", flüsterte er, bevor ihre Münder sich in einem sanften, zärtlichen Kuss trafen. Es war ein Moment voller Magie.

Wagemutig streifte er mit seinem Finger über ihre rosigen Lippen. Mit provokantem Blick öffnete er ihren Mund und schob seinen Daumen tief hinein, erkundete ihre Mundhöhle. Er spürte, wie sie vor Erregung zitterte, als er seine andere Hand auf ihrer Hüfte ablegte.

„Ich habe dich die letzten Tage oft genug beglückt. Jetzt bist du dran. Geh für mich auf die Knie", säuselte er ihr ins Ohr."

Während sie zu Boden ging, durfte sie beobachten, wie sein mittlerweile hartes Gemächt aus dem seidenen Gewand sprang. Sie war von der Größe mehr als beeindruckt und fühlte sich maßlos überfordert.

Mutig nahm sie den geschwollenen Schwanz in die Hand und begann liebevolle Küsse abzusetzen. Überall verteilte sie sie den gesamten Schaft entlang, leckte vorsichtig daran, während ihre Hand zu seinen Hoden wanderte. Sanft begann sie zu massieren und spürte, wie die Anspannung immer mehr zunahm. Ein Lusttropfen perlte an seiner pulsierenden Spitze ab. Sie las ihn mit ihrer Zunge auf und umfasste seine Eichel mit ihren Lippen, ehe sie auch den Rest verschlang und ihren Mund so weit aufriss, wie sie nur konnte.

Der Dämon begann zu stöhnen, lehnte den Kopf grinsend nach hinten und schloss seine leuchtend grünen Augen. Um mehr Halt zu haben, hielt sich Yumi an seinen Hüften fest. So konnte sie ihr Tempo beschleunigen, bis der Dämon ihr zu verstehen gab aufzuhören. Liebevoll nahm er ihren Kopf in seine Hände und begann gezielte Stöße abzusetzen. Ihr bereitwilliger Mund hielt still, während der Dämon sie zunehmend schneller penetrierte. Ihre Lippen glitten immer wieder den gesamten Schaft entlang und stimulierten seine Eichel intensiv.

Mit einem tiefen Raunen, wie aus einer anderen Welt, belohnte er sie, indem er eine riesige Ladung tief in ihrer Mundhöhle entlud. Zufrieden rieb er seine Eichel noch über ihre geröteten Lippen, ehe er seinen Stab wieder in seiner feudalen Kleidung verschwinden ließ.

„Du bist ein gutes Mädchen, ich denke es wird mir hier gefallen."

„G-gefallen? Wie lange gedenkst du denn zu bleiben?", nuschelte sie noch mit vollem Mund.

Gebieterisch hob er mit Daumen und Zeigefinger ihr Kinn an und sah ihr eindringlich in die Augen. „Schluck es runter, mein Kind. Das ist gut für dich."

Skeptisch, ob sie glauben sollte, was er von sich gab, schluckte sie die enorme Ladung und wischte sich die Lippen am Bettlaken ab.

„Geht doch. Und ich werde natürlich für immer bei dir bleiben. Ich bin an dich gebunden. Aber keine Sorge, du wirst es genießen."

Entsetzt über diese Offenbarung ging sie erst mal in die Küche um ein großes Glas Wasser zu trinken.

„Gib mir auch dieses schändliche Leitungswasser. Und mach mir bitte etwas zu essen, denn ich bin nun kein Brokkoli mehr und habe Hunger. Viel Hunger."

„Es ist 3 Uhr morgens!", warf sie empört ein, „du kannst Wasser haben, aber Frühstück gibt es erst in ein paar Stunden."

„Ihr Menschen seid grausam! Du kannst mich doch nicht verhungern lassen. Gibt es bei euch etwa Regeln, wann man essen darf und wann nicht?!"

„Nun ja ... ja! Zumindest weiß jeder, dass es nicht angebracht ist um drei Uhr morgens zu essen!“

„Aber ich habe Hunger!“, donnerte er.

„Um Himmels Willen!“, brüllte sie zurück und nahm einen Obstkorb voller Äpfel und Birnen. „Hier iss das, aber lass mich jetzt schlafen!“

Mit einem Satz sprang er auf die Küchenzeile und machte es sich dort gemütlich, ehe er begann einen Apfel nach dem anderen zu essen.

„Du bist manchmal eine richtige Furie. Aber das werde ich dir schon noch austreiben. Wenn du mir zum Frühstück etwas Leckeres kochst, dann belohne ich dich dafür.“

Als Yumi in den frühen Morgenstunden in seinen Armen aufwachte, fragte sie sich, wie er sich unbemerkt in ihr Bett geschlichen hatte. Sie musterte sein Gesicht, das im sanften Licht des Morgens noch makelloser erschien. Die Hörner, die dunklen Haare, die bis in seinen Rücken fielen, und diese leuchtend tiefgrünen Augen, die in der Nacht gefunkelt hatten – er war wie ein Traum, der zum Leben erwacht war.

Als er die Augen öffnete und ihren intensiven Blick bemerkte, konnte er sich ein schelmisches Grinsen nicht verkneifen. „Gefällt dir, was du siehst, oder hast du Angst? Warum starrst du mich so geifernd an?"

Yumi, ertappt bei ihrem stummen Bewundern, lachte. „Vielleicht ein bisschen von beidem", gab sie zu, noch immer gefangen in der Unwirklichkeit des Moments. Doch dann wurde ihr bewusst, dass nach einer solch magischen Nacht die Frage im Raum stand, was als Nächstes kommen würde.

„Was passiert jetzt?", fragte sie vorsichtig, nicht sicher, ob sie bereit war, die Antwort zu hören.

Der Dämon richtete sich auf, sein Blick ernst, doch voller Wärme. „Was auch immer du willst, kleines Menschlein. Ich bin hier, weil du mich gerufen hast – weil wir eine Verbindung haben, die über das Alltägliche hinausgeht. Aber ich verspreche dir, ich werde an deiner Seite sein, solange du mich dort haben möchtest. Naja genaugenommen auch wenn du mich nicht haben möchtest, schließlich bin ich ja an dich gebunden. Gemeinsam können wir herausfinden, was das Schicksal für uns bereithält und bis wir es wissen, vertreiben wir uns die Zeit so, wie wir es am liebsten machen."

Yumi fühlte, wie ihr Herz bei seinen Worten höherschlug.

„Ach ja, übrigens", begann er, als wäre ihm gerade etwas eingefallen, das er vergessen hatte zu erwähnen, „mit dem Ritual letzte Nacht hast du einen uralten Pakt besiegelt."

Yumi blinzelte, unsicher, ob sie richtig gehört hatte. „Einen Pakt?", wiederholte sie, während in ihrem Kopf Alarmglocken zu läuten begannen.

„Genau", fuhr der Dämon fort, sein Lächeln unverändert charmant, doch mit einem Unterton, der Yumi leicht frösteln ließ. „Bis gestern hättest du mich sogar noch wegschicken oder vernichten könnten. Solange ich noch ein Brokkoli war. Du hast mich nicht nur in meine wahre Form zurückgebracht, sondern auch zugestimmt, für immer an meiner Seite zu bleiben. Du musst alles dafür tun, dass ich in dieser Welt bleiben darf... und mich nähren mit deiner Energie. Natürlich darfst du auch für mich kochen, aber das ist nur Genussmittel. Zum Überleben brauche ich nun… wiegesagt… deine Energie."

Bei diesen Worten hob er eine Augenbraue, sein Blick eindeutig zweideutig. „Ich denke, du weißt schon, wie du sie mir geben kannst."

Yumi spürte, wie ihr Gesicht heiß wurde – teils vor Verlegenheit über die Anspielung, teils vor Sorge über das, was dieser Pakt tatsächlich bedeutete. „Und wenn ich das nicht möchte?“, fragte sie, ihre Stimme zögerlich.

Der Dämon lehnte sich zurück, sein Blick wurde nachdenklich. „Nun, das Ritual und der Pakt sind besiegelt. Aber ich verspreche dir, im Gegenzug werde ich dich immer beschützen und dir ein treuer Liebhaber sein, einen, an den kein gewöhnlicher Mensch jemals rankommen könnte.“

„Immer beschützen? Ein treuer Liebhaber?“, wiederholte Yumi, während sie versuchte, die Tragweite seiner Worte zu erfassen. Einerseits fühlte sie sich geschmeichelt und sogar ein wenig erregt bei dem Gedanken, eine solch tiefe Verbindung zu einem Wesen wie ihm zu haben. Andererseits war da die Furcht vor dem Unbekannten, vor der Verpflichtung, die ein solcher Pakt mit sich brachte.

„Ja“, erklärte der Dämon sanft, als hätte er ihre Zweifel gespürt. „Ich werde an deiner Seite sein, durch Dick und Dünn. Du wirst nie alleine sein, und ich werde dafür sorgen, dass dir nichts Böses widerfährt. Nun ja, bis auf die bösen Dinge, die ich mit dir anstelle.“

„Okay“, sagte sie schließlich, ein entschlossenes Lächeln umspielte ihre Lippen. „Mir bleibt ja für den Moment nichts anderes übrig. Aber pass auf, ich bin eine sehr energiegeladene Person. Du könntest am Ende mehr bekommen, als du erwartet hast."

Der Dämon lachte, ein tiefes, melodisches Lachen, das Yumi bis ins Mark erwärmte.

„Ich freue mich darauf. Lass uns doch gleich damit anfangen. Eigentlich wollte ich dich erst belohnen, wenn wir ein Menschenfrühstück eingenommen haben, aber ich habe es mir anders überlegt."

„S-soll ich dir nicht vielleicht erst mal etwas kochen?", stammelte sie eingeschüchtert, als er sich aufrichtete und seinen Seidenkimono abstreifte.

„Wozu kochen, wenn es in mir bereits brodelt", säuselte er verspielt und seine grünen Augen blitzten spitzbübisch auf. Lüstern leckte er sich über die Lippen. „Nichts ist verlockender als du."

„B-bist du dir sicher, dass du mich meinst? Ich meine, ich könnte dir eine schöne große Pfanne Rührei machen, Suppe und Fleisch…"

„Du solltest weniger reden."

Kaum hatte er den Satz beendet, presste er seine Lippen auf die ihren. Er konnte erkennen, dass sie ihn demütig gewähren lassen würde. Sanft knabberte er an ihrem Hals und begann sinnliche Küsse auf ihr Schlüsselbein zu setzen, während seine Hand zu ihrer Pobacke wanderte.

„Schon so lange wollte ich dich in meiner wahren Gestalt genießen", raunte er leise mit seiner tiefen Stimme und schob das bisschen Stoff des Nachthemdes nach oben, sodass Yumis Brüste freilagen. Fordernd legte er seine großen schlanken Hände um ihren Busen, knetete ihn und drückte ihn zufrieden nach oben. Sie ließ es sich gefallen und schloss die Augen.

Lustvoll wimmerte sie, als er immer wieder mit seinen Daumen über ihre aufgerichteten harten Nippel strich. Er konnte es nicht fassen. Yumi griff tatsächlich von selbst zu seinem Gemächt, umschloss es mit ihrer zierlichen Hand. Ihr gerötetes Gesicht wirkte lechzend, wie eine Verdurstende in der Wüste.

„Gutes Mädchen", brummte er erregt.

Ungläubig über ihre Eigeninitiative spreizte er ihre Beine und ließ seine Hand über den glatten Venushügel bis hin zu ihrem geschwollenen Kitzler wandern. Angetrieben von ihren Berührungen ließ er seine Hand noch ein Stück tiefer gleiten und schob vorsichtig zwei Finger durch ihre zarten Schamlippen, direkt in ihre nasse Spalte. Mit kreisenden Bewegungen schob er seine langen Finger immer wieder und immer tiefer hinein, während sie sich lüstern in den Laken rekelte.

Mit der Zunge bahnte sich der Dämon seinen
Weg über ihren Bauch hinauf bis zwischen ihre
Brüste und leckte genüsslich an ihren immer här-
ter werdenden Nippeln.

Ihr Wimmern erweckte eine unstillbare Gier in
ihm. Er konnte es nicht mehr ertragen. Ungestüm
gruben sich seine Hände in ihre Hüften. Mit einem Ruck zog er sie an sich heran und drang mit
einem kräftigen Stoß tief in sie ein. Ein lauter
Schrei erfüllte den Raum und sie krallte sich an
ihrem Bettlaken fest.

Der Dämon war wie im Wahn. Er genoss jeden
Stoß in ihre feuchte Höhle, die sich vor Erregung
immer wieder zusammenzog und seinen
Schwanz eng umfasste. Immer wieder rammte er
ihr seinen pulsierenden Schaft bis zum Anschlag
in ihre Fotze. Wie wild ließ er dabei seinen Daumen um den Kopf ihrer Lustperle kreisen, während er noch energischer wurde und immer fester
zustieß. Immer schneller rieb er ihren bereits zu-
ckenden Kitzler, bis ihr ganzer Körper bebte und
sie einen gewaltigen befreienden Lustschrei aus-
stieß. Das war der erregendste Anblick, den er je
genießen durfte und so pumpte er mit ein paar
letzten intensiven Stößen und mit mehr Energie,
als er für den Tag brauchen könnte, seinen Saft in
sie hinein.

KAPITEL 9

DIE BEICHTE

Als Yumi am nächsten Morgen die Schule betrat, noch immer leicht benommen von den letzten Tagen voller übernatürlicher Wendungen und dämonischer Enthüllungen, hatte sie erwartet, dass zumindest die Schule ein Ort der Normalität bleiben würde. Wie falsch sie doch lag.

Schon auf dem Weg zu ihrem Klassenzimmer fiel ihr auf, dass etwas mit ihren Freundinnen nicht stimmte. Da waren Mika, Satsuki, Emiko und Aoi – jede für sich ein Unikat, aber zusammen bildeten sie ein unschlagbares Team. Zumindest normalerweise. Heute jedoch schienen alle vier von verschiedenen Planeten zu kommen.

Mika, sonst immer die Ruhige und Besonnene, schien heute in einer eigenen Welt zu sein. Sie starrte ständig aus dem Fenster, als erwarte sie, dass jeden Moment ein UFO landen würde. „Mika, alles okay bei dir?", fragte Yumi, aber Mika zuckte nur mit den Schultern und murmelte etwas von „schwebenden Lichtern".

Satsuki, die Sportskanone, konnte heute kaum einen Fuß vor den anderen setzen, ohne zu stolpern. Ihre sonst so sicheren Bewegungen glichen mehr einem Taumeltanz.

„Satsuki, was ist los? Hast du zwei linke Füße gefrühstückt?", witzelte Yumi, doch Satsuki warf ihr nur einen verwirrten Blick zu und murrte über „unwillige Beine".

Emiko, das Mathegenie, kämpfte heute mit Zahlen, als wären sie plötzlich in Hieroglyphen geschrieben. Jede Frage des Lehrers beantwortete sie mit einer Gleichung, die aussah, als hätte ein Huhn sie im Sand gekritzelt. „Emiko, seit wann ist zwei plus zwei gleich einem dreiköpfigen Drachen?", flüsterte Yumi, aber Emiko zuckte nur hilflos mit den Schultern.

Und dann war da noch Aoi, die Künstlerin, die heute anscheinend beschlossen hatte, dass die Welt nur noch in Grautönen existierte. Ihr sonst so farbenfrohes Notizbuch war gefüllt mit düsteren Skizzen von Regenwolken und Gewitterstürmen. „Aoi, planst du eine Karriere als Wetterfee für apokalyptische Szenarien?", fragte Yumi, doch Aoi seufzte nur und sprach von „inspirationsloser Leere".

Als sie alle zusammen in der Pause saßen, jede in ihrer eigenen seltsamen Blase, konnte Yumi nicht anders, als in Gelächter auszubrechen.

„Mädels, was ist denn mit euch los? Ihr seid ja wie ausgewechselt."

„Vielleicht sind wir einfach nur müde", schlug Mika vor, „oder vielleicht hat uns der Mond letzte Nacht verwandelt. Wer weiß das schon?"

„Oder vielleicht haben wir alle zu viel von diesen seltsamen Onigiri gegessen, die Yumi neulich mitgebracht hat", witzelte Satsuki, was eine neue Runde mattes gekünsteltes Gelächter auslöste.

Das wollte Yumi nicht auf sich sitzen lassen. Sie beäugte ihre Freundinnen und ihr komisches Verhalten genau und ihr fiel auf, dass erst seit dem einen gewissen „Gespräch" eine seltsame Stimmung herrschte. Nichts nervte sie mehr, als Geheimniskrämerei und sie mochte es nicht, Probleme totzuschweigen.

„Mädels", begann sie mit strengem Ton, während sie sich vergewisserte, dass sie die ungeteilte Aufmerksamkeit ihrer Freundinnen hatte, „erinnert ihr euch, als ihr darüber gewitzelt habt, schlimme Dinge mit Gemüse zu machen? Und jetzt seid ihr alle so... komisch. Ich frage jetzt einfach ganz direkt und wenn es nicht so ist, dann erklärt mich einfach für verrückt aber... Hat euer Gemüse auch verlangt, gepflanzt zu werden und sich dann in einen Dämon verwandelt?"

Für einen Moment herrschte absolute Stille, dann weiteten sich die Augen von Mika, Satsuki, Emiko und Aoi gleichzeitig – ein Bild, das Yumi nicht so schnell vergessen würde.

Sie sahen sich gegenseitig an, ein stummes Verständnis untereinander, bevor sie schließlich, beschämt und zögerlich, nickten.

„Okay, wow. Das habe ich jetzt nicht erwartet", murmelte Yumi, ihre Augen weiteten sich im Gleichklang mit denen ihrer Freundinnen. „Was für Gemüse habt ihr denn benutzt?"

Die Beichten begannen, eine nach der anderen, und jede Geschichte klang verrückter als die vorherige.

Mika räusperte sich. „Bei mir war es eine... Süßkartoffel."

„Was, wie geht das denn? Die sind doch von der Form her, total… unpraktisch."

„Nein nein, es war eine von diesen länglichen Süßkartoffeln. Es war, als würde sie mich magisch anziehen. Bei diesem kleinen Gemüsemarkt, nicht weit weg von hier.

„Und daraus ist auch ein Dämon gewachsen?"

Ihre Wangen färbten sich rosa bei der Erinnerung. „Er ist jetzt... naja, er hat eine Vorliebe für Poesie und sonnt sich gerne im Mondschein. Nachts klettert er immer aufs Dach. Mein Lieblingsmoment war, als er beschloss, dass er nachts auf das Dach klettern wollte und ich unbedingt mitkommen müsse. Ihr könnt euch vorstellen wie das war – ich, zitternd vor Angst, während mein Süßkartoffeldämon auf dem Dach rumtollt und

Gedichte in den Sternenhimmel ruft. ‚Das ist tierisch romantisch‘, meinte er und was er danach auf dem Dach von mir wollte, könnt ihr euch ja bestimmt vorstellen. Und wisst ihr, was das Schlimmste daran ist? Offenbar kann er mit Tieren sprechen, zumindest mit Katzen. Sobald er eine sieht, will er sich mit ihr unterhalten. Als ob das nicht schon absurd genug wäre, hat er auch noch angefangen, philosophische Debatten mit den Nachbarskatzen zu führen.“

Mit hochrotem Kopf blickte sie auf ihre Schuhe.

Satsuki, die normalerweise so stolz auf ihre sportlichen Erfolge war, sah plötzlich auch kleinlaut aus.

„Bei mir war es ein Rettich“, gestand sie. „Aber nicht irgendein Rettich, oh nein. Er ist unglaublich launisch, seine Stimmung wechselt alle fünf Minuten und er verlangt, dass ich ihn täglich mit Karaoke unterhalte. Und als sei das noch nicht eine absolute Katastrophe, muss er unbedingt die Hauptrolle in jedem Song haben, und wehe, ich vergesse seinen Solopart!'

Die Freundinnen sahen sie ungläubig an.

„Das ist ja grauenvoll“, bemitleidete Yumi sie.

Satsuki fuhr fort: „Das ist es auch! Meine Nachbarn haben sich schon bei mir beschwert, wegen der lauten Musik. Aber ich konnte ihnen ja nicht sagen, dass es an einem verdammten Rettich liegt, oder? Also musste ich lügen. Sie glauben jetzt, dass ich einen Plattenvertrag habe und schon bald meine große Popstarkarriere starte. Ich musste ihnen sogar versprechen, dass sie offiziell meine besten Freunde sind, falls ich den großen Durchbruch erlange. Aber das ist längst nicht alles. Er hat so viele Macken, dass ich nicht weiß, wo ich anfangen soll. Wenn er mal nicht Lust auf Karaoke hat, hängt er stundenlang vor dem Fernseher und schaut sich blöde Quizshows an. Und dann schreit er die Antworten laut rein, als ob er der Moderator wäre. Meine armen Nachbarn haben mich deswegen auch schon mehrmals angesprochen. Ich habe ihnen auch bei der Sache vorgelogen, dass ich nicht wüsste, woher das Männergebrüll kommt, aber ich gehört habe, dass ein betrunkener Obdachloser des Öfteren im Hinterhof des Wohnkomplexes rumlungert und laut ist. Nur wenn wir… ihr wisst schon, da ist er wie ausgewechselt, ganz ruhig und leise."

Emiko, die Klügste in der Runde, die sonst immer eine Antwort auf jede noch so komplexe Matheaufgabe wusste, wirkte bei ihrer Enthüllung fast hilflos. „Karotten. Drei Stück. Sie… sie diskutieren ständig über Quantenphysik und lassen mich nicht schlafen! Deswegen habe ich sie auch Einstein, Newton und Heisenberg genannt.

Einstein behauptet hartnäckig, dass die Schleifenquantengravitation der Schlüssel zur Enthüllung des Universums ist. Er murmelt ständig über Raumzeit-Schaum und versucht, die Stringtheorie in seine Argumentation einzubinden. Das ist nicht die Spitze des Eisberg - er tut so, als ob er die Geheimnisse der holographischen Prinzipien durchschaut hätte! Dann haben wir Newton. Er ist der Meinung, dass die Kausalität der Schlüssel zur Wahrheit ist. Er predigt über die unvermeidliche Verflechtung von Ursache und Wirkung und behauptet, dass die Zeit keine lineare Angelegenheit sei, sondern ehcr eine Art Spaghetti-Knoten im Raum-Zeit Gewebe. Und schließlich haben wir Heisenberg, den tiefgründigsten von allen. Er philosophiert darüber, wie sich die Quantengravitation auf die Dämonenwelt auswirkt. Er stellt sich vor, dass die subatomaren Teilchen in ihren Höllenreichen herumtollen und die Grundlagen der Realität in Frage stellen. Er ist davon überzeugt, dass unsere Gemüsegärten nur winzige Manifestationen eines viel größeren kosmischen Gemüsebeets sind. Also ja, meine Karotten haben ihre metaphysischen Schwellen überschritten und sind tief in die Wirren der Quantenphysik eingetaucht. Es ist nur schade, dass sie nicht lernen können, wie man leise diskutiert, besonders wenn es um Themen geht, die weit über mein Verständnis hinausgehen!"

Atemlos schnaubte sie nach ihrem Monolog und die anderen starrten sie ungläubig an.

„Ach ja!", fügte sie erschöpft hinzu, „außerdem wollen sie mich entweder alle hintereinander oder alle gleichzeitig, also kosten sie mich viel Zeit, die ich mit Lernen verbringen könnte."

Yumi konnte es nicht fassen.

„Zumindest halten sie dich mal vom Lernen ab, das ist doch was Gutes. Da fällt mir ein, ich weiß gar nicht wie meiner heißt und habe ihm auch keinen Namen gegeben. Aber es tut mir leid, dass du wegen ihnen nicht schlafen kannst, du solltest mal ein Machtwort sprechen!"

„Wenn ich denn mal zu Wort kommen würde!", jammerte sie.

„Was ist mit dir Aoi?", wollte Yumi wissen.

Die Schülerin, die stets eine Baskenmütze auf ihrem Kopf trug und deren künstlerisches Talent keine Grenzen zu kennen schien, seufzte tief.

„Eine Aubergine. Natürlich auch eine von diesen schmalen länglichen, bevor du gleich wieder fragst. Sie ist jetzt eine Art Drama-Queen und besteht darauf, in allen meinen Kunstwerken verewigt zu werden. Und wenn ich sage Drama-Queen, dann meine ich das auch so. Ich meine, sie trägt buchstäblich eine Krone aus Blättern auf ihrem Kopf, als wäre sie die Königin des Gemüses.

Und sie ist total versessen darauf, in allen meinen Kunstwerken verewigt zu werden. Es ist, als hätte sie einen Ego-Trip auf einem Level, der selbst Oda Nobunaga beeindrucken würde. Sie sagt so Sachen wie ‚Aoi, meine Liebe, du musst sicherstellen, dass mein Farbton so tief ist wie der Nachthimmel über Kyoto und meine Form so majestätisch wie der Berg Fuji! Aber das ist noch nicht alles. Sie verhält sich, als ob sie die Hauptrolle in einer Soap spielen würde. Ich schwöre, ich habe sie letzte Nacht erwischt, wie sie mit einer Tomate gestritten hat, wer von beiden die Schönheitskönigin des Gemüsegartens sei – mit einer gewöhnlichen wehrlosen Tomate aus meinem Kühlschrank! Danach hat sie sie gegessen.“

Yumi konnte nicht anders, als in schallendes Gelächter auszubrechen, auch wenn sie sich dabei fühlte, als wäre sie in einer verrückten Comedyshow gelandet, wo gleich die versteckte Kamera rauskommt.

„Und du, Yumi? War es dann bei dir schlussendlich der heiß ersehnte Brokkoli?“, fragte Mika.

„Ach ja, du musst uns auch alles erzählen!“, stimmte Satsuki mit ein.

„Na schön. Ja, es war der berühmte Brokkoli! Er ist extrem frech und hat ein loses Mundwerk. Er gibt mir Befehle und wenn ich sie nicht befolge, wird er laut. Es ist, als ob er denkt, er sei der Herrscher über mein Leben. Und wisst ihr, er ist ein dominanter Lustmolch. Er spielt mir Streiche, indem er mich sinnlose Besorgungen machen lässt, nur um mich danach auszulachen und zu sagen, dass er das doch nicht braucht. Und dann erzählt er Lügenmärchen über seine Herkunft. Zuerst behauptete er, er sei ein sogenannter Mooskrieger, die es gar nicht gibt! Um ihn überhaupt pflanzen zu können, musste ich über 1000 km reisen. Ihr fragt euch bestimmt, warum ich nicht in der Schule war. Nun ja, ich musste für ihn zur Insel Yakushima reisen, um Wasser von einem bestimmten Wasserfall zu holen! Es war wie eine Mission aus einem verrückten Abenteuerfilm! Und er wollte es ständig und überall, sogar noch in seiner Brokkoliform. Selbst im Zug haben wir…"

„Ich habe nicht gemerkt, dass du nicht in der Schule warst, weil ich selbst auf einer Mission war!", warf Emiko ein.

Verwirrt blickte Yumi in die Runde.

„Ich auch!", ertönten die anderen drei wie im Chor.

„W-was? Musstet ihr auch auf die Insel Yakushima reisen?"

„Nein, schlimmer!". Aoi zitterte fast bei dem Gedanken. „Ich wurde zum Berg Osore in

Aomori geschickt! Ja, richtig gehört, der ‚Berg der Angst.‘ Könnt ihr euch vorstellen, wie gruselig das war? Aber es musste unbedingt das Wasser aus dem See der Tränen sein."

„Das klingt wirklich unheimlich", merkte Mika an. „Mein Dämon schickte mich nach Kumano Kodo in der Präfektur Wakayama. Ich musste den alten Pilgerweg der Kumano-Schreine gehen, um das magische Wasser aus dem heiligen Wasserfall Nachi-no-Otaki zu sammeln. Es war anstrengend, aber der Ausflug hat mir tatsächlich Spaß gemacht. Was ist mit dir Emiko, haben dich deine drei Karotten das Wasser im Physiklabor herstellen lassen?"

„Nein, ich war in Shirakawa-go. Da ist der Wasserfall der ‚Hundert Seen‘. Es war eine lange Wanderung durch Reisfelder, vorbei an traditionellen Bauernhäusern. Es war magisch!"

Satsuki schmollte.

„Ihr habt ja richtige Abenteuer erlebt, da bin ich regelrecht neidisch. Mein Rettich hat mich auf eine richtig beschissene Reise geschickt. Ich musste nach Kappabashi-dori in Tokio."

„Die Straße der Küchenutensilien?", fragte Emiko argwöhnisch.

„Ja, richtig gehört! Ich meine, wer hätte gedacht, dass magisches Quellwasser ausgerechnet dort zu finden sein sollte? Aber nein, mein

Rettich sagte mir, dass ich es aus einem der Küchenspülbecken der Geschäfte sammeln soll. Es war wirklich absurd! Die Verkäufer haben mich angestarrt, als sei ich von Sinnen, während ich versuchte, mein Wasser aus einem winzigen Küchensieb zu zapfen."

Aoi prustete los.

„Warte mal", begann Emiko und setzte die Miene auf, die sie meist nur machte, wenn sie der Lösung eines schwierigen Rätsels nahe war. „Wenn die magischen Gemüsesorten alle vom gleichen Laden stammen und alle das gleiche ‚Wesen', ein ‚Dämon' oder was auch immer sind, warum haben sie uns alle an verschiedene Orte geschickt, um so unterschiedliches Wasser zu holen?"

„Vermutlich brauchen Süßkartoffeln anderes Wasser als Brokkoli?", warf Satsuki ein.

„Oder aber", grübelte Emiko, „es ist so wie bei dem Brokkolidämon von Yumi. Sie lügen und wollten nur wissen, wie weit wir für sie gehen würden. Ein Loyalitätstest! Und genau weil wir so blöd sind und alle diesen Test bestanden haben, haben wir jetzt diese Spinner an der Backe!"

„Ich... ich kann nicht glauben, dass wir alle... dass uns das allen passiert ist. Mit Gemüse!", schnaubte Yumi.

Die Freundinnen, jetzt weniger beschämt und mehr amüsiert über ihre gemeinsame Misere, begannen ebenfalls zu lachen. Die Situation war zu absurd, um sie nicht lustig zu finden.

„Was machen wir jetzt?", fragte Aoi schließlich, als das Lachen langsam nachließ.

Yumi blickte ihre Freundinnen entschlossen an. „Nun, wir scheinen jetzt alle Dämonenbegleiter zu haben, oder? Wie sieht es aus, Mädels – bereit, eine Supportgruppe zu gründen? ‚Anonyme Gemüsedämonenhalter' oder so?"

„Ich erstelle die Gruppe! Wie wäre es mit Yume no yasai?*", warf Satsuki ein.

Die Idee wurde mit einem allgemeinen Nicken und noch mehr Gelächter begrüßt.

„Habt ihr das Gemüse eigentlich alle im selben Laden gekauft?", fragte Yumi, als der erste Schwung des Gelächters verklungen war und sich ein Plan in ihrem Kopf zu formen begann. Ihre Freundinnen nickten einstimmig, was Yumi nur in ihrem Verdacht bestärkte.

„Dann ist klar, was wir zu tun haben. Wir müssen diesen Ladenbesitzer zur Rede stellen. Er kann nicht einfach Gemüse verkaufen, das sich in Dämonen verwandelt!", erklärte Yumi entschlossen.

*"Yume no yasai" (夢の野菜) ist Japanisch und bedeutet wörtlich "Gemüse der Träume" oder "Traumgemüse".

„Heute nach der Schule?", schlug Mika vor, und alle stimmten zu, wenn auch mit einer Mischung aus Entschlossenheit und Nervosität.

Als die Schule endlich aus war, machten sich die fünf Freundinnen gemeinsam auf den Weg zum ominösen Gemüseladen. Auf dem Weg dorthin begann jedoch eine lebhafte Diskussion darüber, ob das wirklich eine gute Idee sei.

„Aber was, wenn der Ladenbesitzer auch ein Dämon ist?", überlegte Emiko laut. „Wir haben gerade erst angefangen, mit unseren eigenen zurechtzukommen. Okay, nicht mal das stimmt, wir kommen nicht mal mit unseren zurecht."

„Oder schlimmer", warf Aoi ein, „was, wenn er uns verzaubert und wir alle zu Gemüse werden? Ich habe ehrlich gesagt keine Lust, als Aubergine zu enden."

„Mädels, beruhigt euch", versuchte Yumi, die wachsende Panik einzudämmen, obwohl sie sich selbst nicht ganz sicher war, auf was sie sich da einließen. „Wir gehen da nicht hin, um ihn herauszufordern. Wir wollen nur Antworten. Außerdem sind wir zu fünft. Was soll schon passieren?"

„Berühmte letzte Worte", murmelte Satsuki, aber sie ging weiter, Schulter an Schulter mit ihren Freundinnen.

Als sie schließlich vor dem Laden standen, einem unscheinbaren kleinen Geschäft, das von außen nichts von den magischen Geheimnissen verriet, die es barg, holten alle tief Luft.

„Okay, Club der Dramaköniginnen. Sind wir bereit?", fragte Yumi und sah jede ihrer Freundinnen ermutigend an.

Mit einem kollektiven Nicken betraten sie den Laden, bereit, dem Geheimnis der dämonischen Gemüse auf den Grund zu gehen und sicherzustellen, dass niemand anderes unwissentlich das gleiche Schicksal erleiden würde.

Der kleine Gemüseladen, entpuppte sich als eine Art Schatzkammer, gefüllt mit den verschiedensten Gemüsesorten, von denen einige Yumi und ihre Freundinnen nach den letzten Ereignissen mit einem ganz anderen Blick betrachteten. Jedes Stück Gemüse schien eine eigene Persönlichkeit zu haben, zumindest in ihren Köpfen.

„Wir möchten mit dem Geschäftsführer sprechen", erklärte Yumi einer jungen Verkäuferin, deren Namensschild sie als „Hina" auswies. Hina, offenbar überrascht von der Anfrage, nickte jedoch und führte die Gruppe durch eine unscheinbare Tür in ein Hinterzimmer, das alles andere als das war, was man hinter einem Gemüseladen erwarten würde.

Es war prunkvoll eingerichtet, mit schweren, dunklen Möbeln, die in einem krassen Gegensatz zum simplen Charme des Ladens standen. Überall im Raum waren absurde Dekogegenstände zu sehen, die alle auf irgendeine Weise mit Gemüse zu tun hatten – von einer lebensgroßen goldenen

Karottenstatue, die eine Ecke des Raumes zierte, bis hin zu einem Gemälde an der Wand, das eine Frühlingszwiebel in heroischer Pose zeigte.

In der Mitte des Raumes, auf einem überdimensionierten Sessel, der eher einem Thron glich, saß der Geschäftsführer. Er war ein Mann mittleren Alters mit einem listigen Blick in den Augen und trug einen seidenen Kimono, auf dem in akribischer Detailarbeit verschiedenstes Gemüse gestickt war. In seiner Hand hielt er eine übergroße Zigarre, deren Rauch in trägen Schwaden zur Decke aufstieg.

„Ah, die jungen Damen, die unser besonderes Gemüse so zu schätzen wissen", begrüßte er sie mit einer Stimme, die sowohl einladend als auch irgendwie einschüchternd klang. „Was führt euch in meine bescheidene Gemüsekammer?"

Yumi trat mutig vor, gefolgt von ihren nicht minder entschlossenen Freundinnen. „Wir sind hier, weil Ihr Gemüse... nun, es hat unser Leben ein wenig... kompliziert gemacht."

Der Geschäftsführer hob eine Augenbraue, ein Lächeln spielte um seine Lippen. „Ach wirklich? Komplikationen können doch durchaus... interessant sein."

„Interessant sagen Sie?", schnauzte Mika ihn an, „interessant, wenn sich Gemüse in Dämonen verwandelt?"

Der alte Mann zuckte mit den Schultern und grinste hämisch.

Emiko, normalerweise zurückhaltend und die ruhe selbst stampfte nach vorne zu seinem Tisch und haute ihre geballte Faust auf das Holz.

„Verdammt nochmal, lachen Sie nicht so dämlich und hören Sie uns zu! Mein verdammtes Gemüse hat sich in verfluchte Dämonen verwandelt, und ich kann nicht glauben, dass Sie das nicht ernst nehmen! Es waren drei verdammt normale Karotten, und jetzt sind es verdammte Dämonen! Wenn Sie denken, dass Sie damit durchkommen, dann haben Sie sich geschnitten!" In ihren Augen loderte ein Feuer, das die ganze Welt hätte entzünden können. Die Atmosphäre war zum Zerreißen gespannt.

„Es gibt keine Rückerstattung!", donnerte er, die Zigarre drohend schwenkend. „Ihr hättet den Brokkoli, die Süßkartoffel oder was auch immer es war, einfach in die Biotonne werfen können, statt ihn mit so viel Mühe und magischen Zutaten einzupflanzen! Offensichtlich habt ihr euch alle große Mühe gegeben."

Yumi, die den verbalen Schlagabtausch mit wachsender Fassungslosigkeit beobachtet hatte, drehte sich zu ihren Freundinnen um, die ihren Blick ebenso fassungslos erwiderten.

Schnell wandte sie sich nun selbst wieder an den Gemüsehändler.

„Warte mal, du meinst, wir haben all diese verrückten Sachen gemacht, sind durch halb Japan gereist, nur um festzustellen, dass du uns keine Antworten gibst?", fragte sie empört.

„Genau so ist es", antwortete der Geschäftsführer mit einem Schulterzucken, „aber seht es doch mal so: Ihr habt jetzt einzigartige Begleiter, die kein Geld der Welt kaufen kann. Und Geschichten, die ihr euren Enkeln, und allen die ihr kennt, erzählen könnt – vorausgesetzt, ihr findet jemanden, der sie glaubt."

Als der Geschäftsführer von Enkeln sprach, konnte Aoi sich nicht länger beherrschen.

„Welche Enkel denn bitte?! Die, die ich mit der Dämonin zeugen würde?!", brüllte sie mit einer Mischung aus Sarkasmus und echter Verzweiflung. „Alle meine Chancen auf einen Ehemann und eine normale Zukunft sind dahin! Ich bin auf ewig dazu verdammt, Auberginenbilder zu malen. Und meine vermeintliche dämonische Ehefrau kann ich ja nirgends herzeigen. Wenn sie wenigstens wie ein Mensch aussehen würde!"

Ihre Worte lösten eine Welle des Gelächters unter den Freundinnen aus, auch wenn jeder von ihnen bewusst war, wie nah an der Wahrheit Aois dramatische Beschwerde lag.

Auch Emiko meldete sich wieder zu Wort, nach wie vor erzürnt.

„Und wie stelle ich das bitte an, mit drei Ehemännern?! Japan ist noch nicht so weit, dass ich einfach mit drei rothaarigen Kerlen rummachen könnte, und meine Familie schon gar nicht. Stellt euch die Familientreffen vor – 'Das sind meine Ehemänner: Karottendämon Eins, Karottendämon Zwei und Karottendämon Drei.' Absolut undenkbar!"

Die Mädchen konnten sich vor Lachen kaum noch halten, auch wenn jedes Wort, das Emiko aussprach, die absurde Realität ihrer Situation nur noch unterstrich.

Der Geschäftsführer, sichtlich amüsiert über die leidenschaftlichen Klagen seiner ungewollten Kundschaft, zog eine Augenbraue hoch. „Nun, es scheint, ihr habt eine ganz eigene Herausforderung zu meistern. Aber wer weiß? Vielleicht setzt ihr ja neue gesellschaftliche Maßstäbe."

„Oh, toll", erwiderte Emiko trocken. „Meine Karotten und ich als Pioniere der dämonischen Polygamie. Genau das, was ich immer erreichen wollte."

Satsuki nickte zustimmend. „Ja, unsere Eltern werden so stolz sein. 'Unsere Tochter? Oh, sie ist in einer Beziehung mit einem fernsehsüchtigen Gemüse-Dämon, weil sie sich mit einem Rettich befriedigt hat. Ja, genau, Karaoke ist ihr Ding.'„

Voller Rage trat Mika, die bis dahin ihre Fassung bewahrt hatte, nun auch hervor. Die Süßkartoffel, die sich in einen poetisch veranlagten Dämon verwandelt hatte, war das Letzte, was sie in ihrem Leben erwartet hatte, und der Gedanke, dass andere ahnungslose Kunden dasselbe durchmachen könnten, brachte das Fass zum Überlaufen.

„Hör zu, du – du... Gemüsegauner!", brüllte sie den Ladenbesitzer an. „Du sollst es in Zukunft unterlassen, so verfluchtes Gemüse zu verkaufen!"

Der Geschäftsführer, unbeeindruckt von Mikas Zorn, lachte nur. „Und wie willst du mich daran hindern, hm?"

Mika, nun völlig außer sich vor Wut, ballte die Hände zu Fäusten. „Ich werde deinen Laden abfackeln!", drohte sie, ihre Stimme bebte vor Zorn.

Sein Lachen wurde nur lauter. „Und dann weiß ich, dass du es warst. Ich lasse dich anzeigen und ins Gefängnis bringen."

Doch Mika, weit entfernt davon, eingeschüchtert zu sein, lachte zurück. „Nein, mein lieber Mann, denn ich werde von meinem Süßkartoffeldämon beschützt. Das hat er mir versprochen! Wir sind verbunden durch einen Pakt und er wird mein Leben mit dem Seinen verteidigen! Er wird es für mich erledigen, ohne Spuren zu hinterlassen, während ich schön irgendwo sitze, wo viele Menschen sind, damit ich ein Alibi habe!"

Ihre Freundinnen, nun völlig mitgerissen von der absurden Wendung der Ereignisse, nickten eifrig.

„Ja, wir werden alle bestätigen, dass sie bei uns war", riefen sie wie aus einem Mund, entschlossen, Mika zu unterstützen, egal wie verrückt ihr Plan klingen mochte.

Der Ladenbesitzer, nun sichtlich verärgert und vielleicht sogar ein wenig besorgt über die Entschlossenheit der Mädchen, seufzte schwer.

„Na gut, ich werde es sein lassen", brummte er schließlich und warf ihnen einen Blick zu, der alles sagte. „Ihr dummen Gören", murmelte er unter seinem Atem.

„Verdammt nochmal, das reicht mir nicht!", warf Satsuki ein, die eigentlich genügsam und geduldig war, und bekannt für ihre sportlichen Erfolge. „Deine halbherzigen Antworten kotzen mich an!" Mit einer Wut, die ihre Freundinnen noch nie bei ihr gesehen hatten, sprintete sie direkt auf den Ladenbesitzer zu. Ohne zu zögern, packte sie ihn am Kragen seines seidenen Gemüsekimonos und zog ihn zu sich heran, sodass ihre Gesichter nur noch wenige Zentimeter voneinander entfernt waren.

„Jetzt hör mir gut zu", zischte sie, ihre Stimme vibrierte vor unterdrücktem Zorn. „Du wirst uns jetzt verraten, wer oder was du wirklich bist. Sonst schwöre ich, fackle ich sogar noch heute Nacht den ganzen Laden ab! Sobald du ihn zugesperrt hast komme ich mit einer Streichholzpackung und wenn du morgen früh herkommst, findest du nur noch einen Haufen Asche vor!" Ihre Augen blitzten gefährlich, und für einen Moment konnte man fast glauben, dass sie tatsächlich in der Lage wäre, ihre Drohung wahrzumachen.

Der Ladenbesitzer, der bisher jede Konfrontation mit einem überlegenen Lächeln gemeistert hatte, schien nun endlich die Ernsthaftigkeit der Lage zu erkennen. Er schluckte sichtbar, seine sonst so selbstsichere Haltung wich einer Spur von Nervosität.

„Okay, okay!", gab er schließlich nach, die Hände erhoben in einer beschwichtigenden Geste. „Lasst uns... reden. Aber bitte, ohne irgendwelche Läden abzufackeln."

Satsuki ließ ihn langsam los, trat jedoch nicht zurück. Stattdessen stand sie da, die Arme verschränkt, und wartete darauf, dass er endlich mit der Sprache herausrückte.

Der Alte räusperte sich, offensichtlich bemüht, seine Fassung wiederzugewinnen.

„Also, das Ganze ist eigentlich... nun, es begann als ein Experiment. Ich wollte dem Gemüse etwas... ‚Extra‘ geben, wisst ihr? Ein bisschen Magie, um es besonders zu machen."

Die Mädchen tauschten verwirrte Blicke. „Magie? Besonders?", wiederholte Yumi ungläubig. „Indem du es in Dämonen verwandelst?"

„Nun, ‚Dämonen‘ ist vielleicht ein bisschen übertrieben, an sowas habe ich doch nicht im Entferntesten gedacht!", verteidigte sich der Ladenbesitzer, während er nervös mit seinem Kimonoärmel spielte. „Ich dachte eher an... zauberhafte Gemüsebegleiter. Nicht einmal sichtbar, sondern Gemüse als Glückbringer, als Schutzzauber. Ich hatte dieses alte Buch gefunden, mit antiken Ritualen, ich dachte es sei nur Spaß, eine Spielerei! Aber ich gebe zu, die Sache ist mir ein klein wenig aus dem Ruder gelaufen."

„Ein ‚klein wenig‘?", wiederholte Emiko, ihre Augenbraue hochgezogen. „Wir haben jetzt alle Dämonen an der Backe, dank deines ‚besonderen‘ Gemüses!"

„Und was ist mit den ganzen Reisen und den obskuren Gegenständen, die wir besorgen mussten?", fügte Aoi hinzu, noch immer nicht überzeugt von seiner Erklärung.

„Ah, das", sagte der Ladenbesitzer, ein gequältes Lächeln auf den Lippen. „Das war wohl Teil des ‚magischen‘ Aspekts. Darüber habe ich gelesen, aber woher hätte ich denn wissen sollen, dass so etwas wirklich passieren könnte und das heutzutage?“

Mika schüttelte den Kopf. „Du hast uns auf Schnitzeljagden durch halb Japan geschickt!“

„Also wirklich“, pflichtete Satsuki bei, immer noch nicht bereit, ihre kämpferische Haltung aufzugeben. „Du hast uns nicht nur ‚magisches‘ Gemüse verkauft, sondern uns auch in ein Chaos gestürzt, das unser ganzes Leben auf den Kopf gestellt hat!“

Der Ladenbesitzer seufzte, deutlich resigniert. „Okay, okay, ich sehe ein, dass ich vielleicht ein paar Fehler gemacht habe. Ich wollte wirklich niemandem Schaden zufügen. Es war alles in bester Absicht gedacht.“

„Da hast du wohl falsch gedacht“, wiederholte Yumi entrüstet. Die ganze Situation war so absurd, dass sie nichts anderes tun konnte, als zu schmunzeln. „Wir sollten uns beruhigen, hätte man uns so ein altes Zauberbuch in die Hand gedrückt, hätten wir es vielleicht auch ausprobiert.“

„Gut, was machen wir jetzt mit unseren zauberhaften Gemüsebegleitern‘?“, fragte Emiko, als das Lachen schließlich nachließ.

„Ich schlage vor, ihr lernt, mit ihnen zu leben“, schlug der Ladenbesitzer mit einem schiefen

Grinsen vor. „Wer weiß, vielleicht sind sie ja wirklich nützlich. Und ich... ich werde in Zukunft aufpassen, keine weiteren ‚Experimente‘ durchzuführen.“

„Das ist das Mindeste“, fügte Mika hinzu. „Sag mal, alter Mann, hast du noch das Buch, von dem du die ganze Zeit sprichst? Ich würde es mir gerne ausleihen.“

Widerwillig öffnete der kleine Mann eine Schublade an seinem Schreibtisch und zog ein altes zerfleddertes Büchlein raus.

„Hier bitteschön.“

Schroff nahm Mika, die sich noch immer nicht beruhigt hatte, entgegen und blätterte darin.

„Das kann ich nicht lesen“, meckerte sie genervt, das ist in Kuzushiji geschrieben.

„Gib mal her“, warf Emiko ein und blätterte durch die Seiten. „Ich habe die Schrift in meiner Freizeit studiert, wenn man einmal den Dreh raus hat, ist es gar nicht so schwierig.“

„Natürlich hat sie das“, murmelte Satsuki mit einem belustigten Augenrollen. „Dann sollten wir uns am Wochenende zusammensetzen und es gemeinsam lesen.“

Die Mädchen nickten. Sie hatten jetzt zumindest einen neuen Anhaltspunkt, der vielleicht mehr Klarheit in die Situation bringen würde.

„Na dann", meinte Mika, während sie sich zum Gehen wandten, „gehen wir nach Hause. Auf ein Leben voller unerwarteter Abenteuer mit unseren zauberhaften Gemüsebegleitern."

FORTSETZUNG FOLGT!

Das Ende ist erst der Anfang!
Freut euch auf zahlreiche weitere Bände voller Abenteuer mit Yumi und ihren Freundinnen. Jedes der Mädchen bekommt ihr eigenes Buch, in dem ihr die faszinierenden Welten ihrer einzigartigen sexy Gemüsedämonen erkunden könnt. Die Reise hat gerade erst begonnen, und es gibt noch so viel zu entdecken. Macht euch bereit für mehr Lachen, Magie und unerwartete Wendungen.
Bis bald,
Eure Haruka Isshiki

Blutgruppen:

Blutgruppe A: Menschen mit dieser Blutgruppe gelten als sorgfältig, pflichtbewusst und sensibel. Sie schätzen Harmonie und Ordnung und neigen dazu, perfektionistisch zu sein. Auf der anderen Seite können sie als zurückhaltend und zögerlich in Konfliktsituationen wahrgenommen werden.

Blutgruppe B: Individuen der Blutgruppe B werden oft als kreativ, flexibel und individualistisch beschrieben. Sie sind bekannt für ihre Entschlossenheit und können sehr leidenschaftlich sein. Gleichzeitig gelten sie manchmal als eigenwillig und unvorhersehbar.

Blutgruppe AB: Diese Gruppe wird als rational, kontrolliert und fortschrittlich angesehen. Sie können sowohl einfühlsam als auch logisch in ihrem Denken sein, was ihnen eine einzigartige Perspektive verleiht. Personen mit Blutgruppe AB können jedoch auch als kritisch und distanziert empfunden werden.

Blutgruppe O: Charakteristisch für Menschen mit Blutgruppe O ist ihre Führungskompetenz, Selbstsicherheit und Proaktivität. Sie gelten als gesellig und expressiv, können jedoch auch als ungeduldig und impulsiv angesehen werden.

Elyndras Ergebung:
Die Beute des Elfenjägers

von Haruka Isshiki

Im Schatten Ardenias, wo die Magie so dicht wie der Wald selbst ist, entfacht zwischen Elyndra, der elfischen Schönheit, und Caelon, dem dominanten Elfenjäger, eine verbotene Leidenschaft. Ihre Begegnung, gewoben aus Verlangen und dunkler Macht, droht, die Grenzen der alten Gesetze zu überschreiten. Elyndra, tief verwurzelt in den Geheimnissen der Natur, und Caelon, dessen Sehnsucht nach Kontrolle nur von seiner Fähigkeit, zu beschützen, übertroffen wird, finden in der Verbindung eine Herausforderung, die beider Schicksale für immer verändern könnte.

Das Buch für ein Publikum ab 18 Jahren geeignet und enthält explizite Hentai - Illustrationen.

102 Seiten

Erhältlich auf Amazon, Thalia usw.

Eine Welt voller Bücher

Unvergessliche Abenteuer
Faszinierende Charaktere
Neue Welten und Ideen

Bei Infinity Gaze endet
die Lesereise nie!

Jetzt entdecken unter:
www.infinitygaze.com